HIV

暗兽

ANSHOU

娄仲锍◎著

九州出版社
JIUZHOUPRESS

图书在版编目（CIP）数据

暗兽/娄仲毓著．—北京：九州出版社，2012.8
ISBN 978-7-5108-1629-1

Ⅰ.①暗…　Ⅱ.①娄…　Ⅲ.①长篇小说—中国—当代
Ⅳ.①I247.5

中国版本图书馆 CIP 数据核字（2012）第 195801 号

暗　兽

作　　者	娄仲毓　著
出版发行	九州出版社
出 版 人	徐尚定
地　　址	北京市西城区阜外大街甲 35 号（100037）
发行电话	（010）68992190/2/3/5/6
网　　址	www.jiuzhoupress.com
电子信箱	jiuzhou@jiuzhoupress.com
印　　刷	北京紫瑞利印刷有限公司
开　　本	710 毫米×1000 毫米　16 开
印　　张	15
字　　数	180 千字
版　　次	2012 年 8 月第 1 版
印　　次	2012 年 8 月第 1 次印刷
书　　号	ISBN 978-7-5108-1629-1
定　　价	29.80 元

艾滋病问?（代序）

“一天一片阿司匹林，不登医院医生的门”，一个小小的药片，作用机制意义甚大，大家都知道，它能延长生命，能防止心脏病发作和脑中风的出现。阿司匹林与艾滋病和艾滋病病毒实实在在没有什么密切接触更没有什么可比性，阿司匹林也是一个名词，这个名词亲和力强，大家都能接受并能受益匪浅，艾滋病和艾滋病病毒同样也是一个名词，但是待遇与阿司匹林就有本质的区别了。艾滋病是传染性疾病，它非但没有亲和力，境遇还非常糟糕，简直是糟糕到了极点。有人说，感染者在遭遇艾滋病病毒之后的特殊身份其实就是一个解不开的结，这个结根本是没有结果的结，没有希望的结，这个结里包含了许许多多的死结，解不开的，也包括来自社会方方面面的排挤，歧视等……有医学专家手里拿着一长串性传播疾病的病例跟我说：“艾滋病正在给我们上课，这些课的内容就是，我们的生命正在一步一步地受到威胁。”我焦虑的是，我们现在的疾病真到了无遮无挡，无孔不入的地步。有的女人患了一种不同寻常的带状疱疹，疱疹很坚硬，病情非常特殊。没有更好的解决办法，人们只能靠着自己的有知和无知的命运来保护自己了。不仅如此，大自然还有许多隐藏以及未暴露的东西和意料不到的事情在等着我们，我们手里最有利的武器就是做一个善于分析的细心人，只有这样，才能真正做到很好地保护自己和家人不受外界的侵害。

这个世界也书写着一些真实的故事，这是些不好谈也谈不清的事情。

这个世界人人都在奔忙，但忙的事情很不一样。忙里忙外，忙东忙西的结果是什么？谁都说不清楚。因为忙，没有开头，没有结尾，没有头绪，没完没了。人就是时间的奴隶，转来转去，就忽略了健康，忽略了寿命。要是转到了头，人就该彻底歇着了。

人的身体是一个很复杂的生命系统。一个人得病了，说明这个系统出现了问题，一个问题带出另一个问题又连带出许多个问题。问题是简单还是复杂？这得由医生来判断，由医生来治疗，你自己做不了这个主。

病人往往是自己身体问题的肇事者，同时也是受害者，之所以成为受害者，基本上是因为无知。

有人说，都什么年代了，这个年代只有花不起的钱，没有治不了的病。

艾滋病病毒，不就是一个传染性病毒吗？

艾滋病，不就是一个传染性疾病吗？

据资料显示：甲肝病毒、乙肝病毒、丙肝病毒、肺结核、淋病、梅毒等病毒都要比艾滋病病毒更猖獗。为什么艾滋病病毒携带者和艾滋病人，就不能随大溜地正常生活和工作呢？

圈子就是里面，里面的事情，你不表露没人知道。外面的事情，你不问责，谁也不会理睬。艾滋病人群体就是一个阳性人群的圈子，你是阴性，你就很难进到阳性里面。

娄仲毓

2011年7月31日写于哈尔滨

柯达医生是一位获得过国家科技进步奖的医学精英。这位坚毅果断、技术精湛、心灵手巧且精神高尚的外科大夫，在一张检测单子上突然变成了艾滋病病毒携带者，他的命运由此开始发生了天翻地覆的变化。他犹如掉进了冰凉的毒液里，身边四处冷风飕飕，昨天的一切美好就在2008年春节之前的某一个白天，从那张检测单子上全部消失了。

柯达医生拿起老同学白菜递给他的一张检测单子，顿时惊呆了。他相当痛苦地再次把眼睛落在上面的一行字上。这是半年后的一份第二次复检结果——HIV 抗体阳性（第一次显示的是：抗体检测为阴性）。这几个字可是要命的字呀？一下子就让柯达医生的情绪到了难以控制的地步。他想哭，呜呜呜呜的哭声很快就从他的嘴里迸发出来。此时的柯医生心理状态复杂极了，用失落、恐惧、焦虑、不安、愤怒、委屈、冤枉、否认等词来形容他的心态一点都不为过。但是，柯医生还是不相信，想着果真如此吗？这是事实吗？这怎么可能呢？是不是搞错了？他无论如何也不相信，会出现这样的结果。这张检测单对他来说就是晴天霹雳，他怎么会成为阳性人群中的一分子了呢？他死活就是不信啊！

柯医生简直有点疯了，他靠在廊道上的一面墙边儿，带着怒气，甩起胳膊，用脚使劲儿地踹了几下，嘴里麻木地嘟囔着，然后又无奈地勉强向前跑去，带着一种绝望的困倦，沉重地踉跄着，很勉强地向前跑去。白菜紧随其后，叫着他：“哎，柯达你去哪儿啊，我话还没说完呢，柯达，老柯……”

柯达没头没脑地在疾控大楼的廊道里奔跑着，一会儿狠狠地踹两脚墙，一会儿咬牙切齿地拍几下墙，跑得喘不过气时，他停住并叉开两腿，直起腰呼哧呼哧上气不接下气地做了会儿深呼吸，等气喘匀了再接着跑，一直跑到楼下的大门外时，被一直着急追赶他的白菜一把给抱住了。白菜使劲儿抱着老同学，他觉得老同学的整个身体都在微微颤抖着。柯达再一次抽泣起来，他挣脱白菜的双手，朝着另一个方向咧着嘴角“喔喔喔喔”地再次哭诉起来：“老……白……你说我……怎么这么倒霉呢?”白菜的眼泪忍不住也流了下来。他使劲儿抽了一下鼻子，对背向他的老同学说：“柯达，咱别这样好吗?你这个样子我看着也不好受啊。老柯，你听我慢慢跟你说。这个结果还是很不错的，也就是说，不严重，没什么了不得的，这只能说明你就是一个艾滋病病毒携带者。艾滋病病毒携带者和艾滋病人这可是两回事儿呀，你明白吧?你得振作起来，这里有一点我可以明明白白地告诉你，HIV 携带者的潜伏期非常长，8 到 10 年才有可能发病，况且，每个人的身体情况不一样，每个人的病毒载量也不一样。我想告诉你的是，携带 HIV 病毒十几年甚至终身不发病的现在也是大有人在，你瞪我干什么?我说的都是事实啊。”柯达这时候已经把满脸的泪水擦干净了，他嘟囔着：“别安慰我了，我可是读了十一年书的医学博士……”

“老柯，你听我说，我仔细研究了你做的各项检查指标，从检测结果来看，你的 T 细胞计数是高于 350 的，而且病毒载量，就是用每毫升血浆中艾滋病病毒核酸的拷贝数来表示的病毒数量又不是很高，这说明什么呢?说明你老柯还不到最佳的治疗阶段，你现在可以不进行治疗，算你走运，伙计，你要是不相信我的话，你肯定相信你的导师陈远院长吧，他在这行也算是一个专家了，你去咨询咨询他吧。另外，你若想去北京的佑安医院，我可以把我认为最好的医生介绍给你。但是，老柯，你给我一个保证好不好？我对你现在的状态不大放心啊！”

此时的柯医生心里如同灌铅般沉重，两行热泪随着白菜的话音落地，又簌簌地把他那平日里白白净净的面容给弄湿了。

尽管白菜一再劝慰着柯医生，柯医生却一句话都听不进去。此时此刻，他从骨子里感到大地开始灰蒙蒙的，一片荒凉无望，那里没有浓荫，没有支撑，没有庇护。他没有跟白菜告别，就抬起脚步孤零零地盲目而疲倦地向前走去。

二

柯达医生是G省海滨市海滨医科大学附属第一医院的神经外科主任医师，外科大夫。男人在奋斗的过程中会在他的职业范畴内表现出很多很多的美德，柯医生就是这样一位让患者喜欢、受同仁尊敬且医术精湛的外科医生。他的身上总有一种真诚的力量，外表斯文，内心坚定，总是默默地作出执拗而从容的努力，一般的手术难不倒他，他也从无畏惧。他曾多次参加过国内外大灾大难的医疗救援工作，从死亡线上抢救出的患者不计其数。他就是不怕困难，不怕牺牲，勇往直前，精力充沛，没有野心的男子汉。我们可以把他比作导弹，目标明确，坚定不移。也可以这样来形容我们的柯医生，他已经43岁了，人到中年，医院里面这样的人都是中流砥柱，柯医生也不例外。人到中年，他该有的几乎什么都有了，他的家境也不错，老婆冯婉妮温柔贤惠，女儿柯妮妮聪明可爱，他似乎连不如意的事情都没有。他胸怀坦荡，自强不息，兢兢业业，坚忍不拔，克己奉公，为事业鞠躬尽瘁。显而易见，一切的一切几乎都展现着他越来越好的生活前景。另外，柯达医生从心里感到知足常乐。他从医学院本科开始，一直读到博士学位，历经了漫长的11年，党和国家为培养他们这一代大学生付出了很多的心血。他自己也是坚持不懈，他努力，努力，再努力。他是在导师陈远院长手把手的指点之下——不错，今天又有一个小小的进步，成为了现在这样一个拥有多项国家科技进步奖的医生，一位优秀的外科大夫，一位知名专家，病人的贴心靠背。他该有的真的是什么都有了，他该得到的荣誉、奖励，真的是哪一个都非他莫属。他每天的生活总是忙忙碌碌，又充实又辛苦，可他挺知足，尽管辛苦，他也知道如何在有限的时间里让自己放松放松，常抽出中午一个半小时的时间去游游泳。习惯于准时上班，准时手术。他还习惯于按一定的规律和规定办事，在争取每一个手术成功的同时，又计划着下一个手术方案。有时候，他还会刻意做出一些大胆的微创技术设想，和导师陈远院长探讨。他很重义气，能够和科室所有人同甘共苦，共创未来，从来不轻易向困难和压力低头。可是柯医生的这个“病”，来势凶猛，让柯医生猝不及防。眼下，他快要崩溃了。

半年前，柯医生被医院抽调出来，代表G省随中国医疗救援队去印尼海啸的地方参加国际大救援。回国后，他就时不时地感冒，时好时坏，咳嗽也时不时地发生。这种咳嗽主要是在夜间不停地爆发，他打过点滴，吃过不少止咳药，问题还是得不到有效的解决，这使他对自己的自身免疫力产生了质疑。平日里，他是与感冒无缘的人，别人有个伤风感冒的小毛病，他从来都没有，咳嗽就更谈不上了。但这一次持续的感冒和发烧，还有咳嗽大概有一个多月了，依旧时好时坏。那天中午，在疾病预防控制中心工作的老同学白菜一个电话打过来，发现他在不停地咳，就说：“老柯，你咳嗽这么厉害怎么不告诉我一声啊？我这里有药，好药，吃了保你三天完好如初。伙计，有空就过来取一下吧，我现在忙得很就不过去看你了啊。”白菜的电话刚一搁下，柯医生马上就决定到白菜那里取药去，因为咳嗽几乎都要影响到他做手术了，他必须马上止咳，迫不及待地他换了衣服开车就去了海滨市疾控中心。白菜见到柯医生先是愣了一下：“哎，我说老柯，你出什么事了吗？气色这么不好！”柯医生说：“别咒我，别咒我了，药呢？”白菜赶紧去打开柜子给老同学拿药，顺便说了一席话。这不经意的一席话立刻激发了柯达要给自己做一下 HIV 检测的决定，他纯粹是听了有经验的老白的一番话，才决定要做艾滋病病毒检测的。

当然，他每天都在不停地做手术，在国际救援中，他的手与患者的血液紧密接触，在紧急情况下，在没有手套做防护的情况下，他记不清有多少次自己的手被刺伤、划伤或被割伤，却没有来得及做消毒处理，就直接在手术台上给下一个病人剖膛破肚。有的时候，在大灾大难的救援抢险当中，环境相当恶劣，上哪里去找像现在医院医疗环境那样充满防护设施保障的地方？根本就别想！那都是不可能的事情！只能硬着头皮奋不顾身迎难而上。柯医生现在才明白过来他这份工作太有风险了，难免被感染，不被感染就是不幸中的万幸了。

白菜的一番话真的提醒了柯医生。这时候柯医生仅仅是出于一点怀疑或者说有点好奇。做过第一次检测之后，他知道了艾滋病病毒还有一个“窗口期”，结果半年之后，一个铮铮的事实摆在了毫无心理准备的柯医生面前。他害怕了，他恐惧了。恐惧的原因是他没有任何的心理防备和精神防备，再说了，你的手在做手术中被刺伤了，你就可能被感染艾滋病病毒，那他的手自打他从医以来已经被刺伤过很多很多次了，他不相信世界上有那么凑巧的事情。

据白菜后来跟他讲，他从G省艾滋病职业暴露安全药品储备点了解到的一个统计数据是，截至2008年，这个省共发生了108例艾滋病职业暴露事件，某市2008年至2009年，共发生了18起艾滋病职业暴露事件。但是别担心，大概有90%的暴露事件人员在服用阻断药物后，都未发生艾滋病感染事件。在发生职业暴露的人员中，护士占到40%以上，其次就是他们这些外科医生，他们都是在给病人治疗后，通过检查才发现病人是艾滋病病毒携带者的。

天哪！柯达为此痛苦到了极点。他知道了职业暴露是指医务人员、防疫人员、公安干警以及其他监管人员，在诊治艾滋病相关工作中，意外地被含有艾滋病病毒的血液、体液等感染了破损的皮肤，或含有病毒的针头刺破皮肤（以前在大学时，也多少知道这些常识性的东西，只是并没有特别注意而已）……一切都晚了，柯达后悔也来不及了。他对自己产生了深深的愧疚，更愧对他的老婆和孩子……

三

不知是谁说的惊言妙语，说："女人15岁到25岁只懂爱情不懂婚姻；25岁到35岁只懂婚姻不懂爱情；35岁到45岁只懂日子不懂婚姻；45岁到55岁只懂孩子不懂日子。"冯婉妮今年43岁，这个女人绝对是柯达上辈子修来的福分。她先前在G省省报做记者工作，由于年龄渐渐偏大，不适合外出跑跑颠颠做采访了，所以，她35岁时，在征得丈夫柯达的同意后，主动向报社领导提出申请，要求离开编辑部去报社图书阅览室工作。理由是"年龄大了，跑不动了，只能胜任收集信息之类的工作了。"社长当时就跟她说："你这不是开玩笑吗？记者工作你轻车熟路，不当记者可以当编辑嘛，上阅览室这不是大材小用嘛。小冯啊，现在找份工作不是你当年那么容易了，大学中文系毕业就可以名正言顺进入到新闻单位，这已经过时了。你知道吗？每年中文系毕业的大学生多得都如潮涌，有多少人托门子找关系找到我们报社，但名额有限，每年只能招一个两个进来，你又不是没有看见。现在一线记者人手都不够，你又不是不知道。再者，报社培养你多年，你早已经是个成熟记者了，你不会这么年轻就想跟我撂挑子吧，拈轻怕重可不是你冯婉妮的风格哟。"

看见社领导绷起了脸，冯婉妮就笑嘻嘻赶紧上前辩解。但她好话说尽，可主管的社领导硬是没有同意她去阅览室。后来，冯婉妮也不罢休，照样三番五次去社领导办公室，态度极其坚定，她就要离开编辑部，去阅览室工作，连她的好朋友，同事严炎都好生奇怪。她有一天趁俩人在一起吃饭的时候就问婉妮："我说你离开编辑部有什么好处呀？首先待遇就少了许多，奖金也会少许多，你脑子进水了吗？"婉妮笑嘻嘻地说："严炎，这你就不能理解了，编辑部待遇奖金的确不错，可我不稀罕，我就是想多腾出一些时间把家里料理好，妮妮现在5岁，马上就要上小学了，咱们记者工作哪有个上下班点啊，我老公见天那么多的手术，连他自己都照顾不了，还能指望照顾这个家，照顾女儿吗？那是不太可能的事情。做女人的，我认为20到30多岁时奋斗奋斗应该的，但有了家之后，责任应该转向过日子而不应该再是事业了。严炎，你笑我没出息也好，笑我不求上进也好，我都认了，你看我们现在的工作压力多大，都在乐此不疲地奔那个奖金，而完成任务才能有，完不成任务你还有什么。反正我认为事业死了，日子还活着，家庭对我来说比什么都重要的。"严炎说："婉妮，你就作吧，我就没见着像你这么傻的女人，靠着老公过活，你家柯达就那么靠谱吗？他一个外科医生，每天的应酬那么多，你就为他一个人鞠躬尽瘁，死而后已吧。总有一天，你会后悔的。我这话给你搁到这，后悔时，别来找我一把鼻涕一把泪的啊。"

冯婉妮的工作调动还多亏了她老公柯达。报社领导李副总编的小姨子要做个血管瘤大手术，听说冯婉妮的丈夫就是省医科大学附属第一医院神经外科的“柯一刀”。李副总编就差编辑部跑医疗战线的记者四处打听这“柯一刀”的传闻到底是真还是假。消息一直打听到省医科大学附属第一医院院长陈四海那里。陈四海电话中告诉省报记者田心心说：“你要相信我的话，我就告诉你实情。”田心心说：“我们当然相信你陈院长啦，有什么理由不信你啊。”陈四海电话那边就说：“你是想了解‘柯一刀’什么呢？是他的人格方面呢，还是他的技术方面呢？你想为他作一篇什么样的报道呢？”田心心问：“人格是什么人格？技术是什么技术呢？”陈四海说：“‘柯一刀’睿智、宽容、坚毅、果敢。这些够不够得上你的条件呢？”陈院长这是误会了。

田心心：“哎哟陈院长，我又不是选他做老公，人家可是有妇之夫啊。”

陈四海：“‘柯一刀’他是先有人格魅力，才有的‘柯一刀’这个荣誉的嘛。”

田心心：“陈院长，我这里有一事相托了。”

陈四海：“你请说，请说……”

柯达医生为李副总编的小姨子做的手术那可真叫一个绝。据李副总编的小姨子后来对冯婉妮讲，“你说我吧，做了这么大的一个手术，哎哟哟，怎么一点疼痛感都没有呢，你那个大帅哥，就你那个大丈夫，听说做完手术给我启用了一种止疼魔棒挂在我的胸前。你说他就神了，我做了这么大的一个大手术，从醒过来就吐了几口令人恶心的麻药反应引起的呕吐物外，就一点都没有感觉到疼，你说神不神？这‘柯一刀’是谁给他的这一尊称，哎，是昵称吧？我的亲姐姐呀，简直是绝了呀。”李副总编的小姨子刘惠也是报社的职工，在发行处工作。这个个性爽快，有啥说啥的快乐女人，疼就是疼，不疼就是不疼，实话连篇，而且一出院，一上班，就先去编辑部找冯婉妮表示感谢，非要请婉妮和柯达一块儿吃个饭答谢不可。冯婉妮也没跟刘惠客气，当时就直截了当让刘惠帮她一个忙。不久，冯婉妮如愿以偿被调到了清清静静的阅览室工作了。她觉得这份工作才是一个正常的有家的女人的工作，晚来点，早走点，中途有事告知一声，就可以直接回家办些私事了。

冯婉妮和柯达的恋爱其实特别简单。他们只不过就认识了半年，恐怕连 7 个月都不到，俩人就欢天喜地地拜了天地，结了婚。他们的恋爱经历一点都不复杂。冯婉妮因为自家的亲戚出了车祸，第一时间被送到了第一医院来抢救，碰巧柯达为他做了脑外伤手术，救活了他一条命。亲戚拉着冯婉妮到医院来谢柯医生。亲戚是冯婉妮的表哥，表哥住院的时候跟柯医生成了好朋友，一见柯医生，表哥就向他介绍说：“这是我表妹冯婉妮，她在省报当记者。”当时，柯医生相当迅速地把手伸出来握住了冯婉妮的手，而且一握就出现了这样的情景：冯婉妮认为男女握手最长的时间不超过五秒钟，可是柯达到底握住冯婉妮的手有多久才放开呢？据冯婉妮后来跟要好的朋友严炎回忆，“柯达的手一下子握住了我的手，就在那一瞬间，我就像被电击了一下，天哪，一股热烘烘的电流立刻传遍了全身。严炎，我跟你说，本姑娘我这是，我还从来就没有过这种感觉，那感觉简直妙极了。后来，还是我生生地使出了吃奶的力气，硬是把我自己的手从他的手掌里面抽出来的。”说得严炎愣了小半天，然后拍了一下冯婉妮的腿说：“我的哈拉子已经流出来了啊，哈哈哈哈。”

冯婉妮说的是实话。后来两个人在一次又一次的约会中，都常回忆当时各自的感受。柯达说：“我当时就被你冷不丁地电了一下，那滋味，哎，你没感觉你的手抽出去的时候，我整个人都在颤动吗？”

“那是颤动吗？那不是哆嗦吗？”两人顿时会意地大笑。

冯婉妮嫁给柯达，除了表哥牵线搭桥外，还有另一个原因。这件事情的发生应该在他们认识的三年前。冯婉妮的父母一直在美国做生意，他们的一个生意伙伴，是冯婉妮父亲的好朋友，一位知名老华侨，在美国突然发病。老华侨的脑子里长了一个大的脑膜瘤，在美国住院治疗时，医院检查这个瘤子是良性的。美国的一个著名神经外科专家为他做了手术。可手术时，因为老华侨的这个脑瘤长在了脑子中心部位的底部，手术相当困难。美国教授的手术尽管精细，但还是出血了，在医学界，做开颅手术止血是一个大问题，血一出来，什么都看不见了。血管又那么细，大的有一个毫米粗，小的都还不到 1 毫米。如果血止不住，病人的生命就命悬一线。这位老华侨手术期间当时出血出了大概四千毫升，使得手术不能再做下去了。怎么办呢？美国教授告诉老华侨的家人，说病人已经没有什么希望了，这样的手术，全世界都没有人能做，你们就为他准备后事吧。后来，这个老华侨眼睛也瞎了。说来也巧。老华侨的家人不知在哪里打听到了柯达是国内做这类手术的精英，就托冯婉妮的父亲向冯婉妮打听此消息是否准确，冯婉妮没几天就打听到了，她告诉父母，G省海滨医科大学第一附属医院的确有一个叫“柯一刀”的神经外科大夫，在国内很出名，这个叫柯达的医生比较擅长做脑瘤、脑血管病、脊髓这类微创手术，还获得过国内多项成就奖。

这个老华侨险象环生，后来通过家人联系返回了国内，并在“柯一刀”的手术台上恢复了知觉，眼睛也重见了光明。老人家麻醉清醒过来后，立刻告诉家人，他的腿部感觉有力气了。再后来，冯婉妮听父亲讲，老华侨对柯达的印象好得不得了。“柯达这个医生医术很高，医德也不错”，她父亲当时很激动地说，“国内有这样的人才，难能可贵啊。”冯婉妮就认为柯达是个七老八十的老专家。父亲还嘱咐女儿有时间去拜访拜访这位医学专家。冯婉妮只是答应了父亲，因为工作挺忙的，此事在她的脑子里渐渐地就消逝了。

三年后，表哥出车祸住进了医院，表哥的脑外伤也是很严重的，当时不省人事。能不能醒过来，谁都无法预料。但奇迹还是发生了。据说柯达是从表哥的大腿的股动脉插管进去，一直插到颈动脉，尔后又延伸到颅内侧的脑血管，就把表哥的生命从死亡线上给拉了回来。

从表哥感激柯达所流露的溢美之词中，冯婉妮才得知“柯一刀”是一个30多岁的年轻人士。表哥说：“柯医生反正不到40岁，都说他至今还是一个单身贵族呢。要不，我给你们帮个小忙，介绍你们认识认识?”

冯婉妮当时就有点大彻大悟地道：“那行啊，那你就麻溜快点去吧，咱们就快刀斩乱麻，怎么样?”

冯婉妮当时说不清心里是怎么想的，但她特渴望能马上见到人见人喜欢的“柯一刀”。

他们两个人谈恋爱的时候，冯婉妮就是一个最安静的听众，柯达开朗、乐观，能很快把两个人的感情世界调整到一个轻松自如的境界里。通过柯达一些有意或者无意间的叙述，冯婉妮这才有机会了解到一些涉及柯达专业方面的知识。她感到柯达真是一个了不起的人精，善于自我挑战，敢于承担风险。在一次交流中，冯婉妮就问柯达。

冯婉妮：“能不能跟我说说你们神经外科都治什么病呢？”

柯达：“我们神经外科就研究人的神经系统两个大的部分。一个是人的中枢神经系统，一个是周围神经组织系统。婉妮，你知道吗？中枢神经系统包括大脑、脊髓等，而周围神经系统则遍布全身，到处都是神经组织，可以这样说，没有神经，人就没有功能。我们神经外科用手术来做治疗的都是神经系统的疾病，比如说，脑肿瘤、脑外伤、脑血管疾病等等。

神经外科也叫脑外科，我认为，脑外科是外科手术中难度最大的一个科室。需要人特别的精细，一切都要特别地小心，手和脑应变都要快，这很锻炼人。”

冯婉妮：“所以你就选脑外科向自己挑战？”

柯达：“人的大脑真是复杂极了，血管非常丰富。你知道吗，人的全身的血液大概有20%都集中在脑子里面，打开以后，心脏跳动一下，脑子也跳一下。脑子就像豆腐，很软很软的，特别娇气。我们外科做手术，止血是一个大难题，血要止不住，病人就活不了。所以，手术时，可以用线来结扎，把血管勒死了，还可以用纱布塞，用东西压。但对大脑都不行。大脑里的血管很细很细的，大多数都不到 1 毫米粗，所以，开颅手术时，病人脑子一出血，脑血管不可能像外科那样结扎的。”

冯婉妮：“那怎么办呀？”

柯达：“我们现在基本不做开颅手术。婉妮，我跟你说说神经外科以前的事情吧，挺有意思的。以前，大概是1917年的时期，美国有一个叫库兴的人，他是最早用外科治疗脑子疾病的人，最早创立脑外科的一个人。他在研究中发现，用银做成的小夹子在手术中能把脑子里出血的血管给夹住，或者用电来烧，使血块堵住了血管的破口，这样才能止血。这就是库兴时代脑外科手术时发明的一个大的收获。后来，他又在美国开办了一个神经外科学会，全世界学习神经外科的人都纷纷跑到他那里去学习。1918 年，葡萄牙有一个叫丹捺的人又发现了一个新的诊疗方法。他是怎么发现脑子里面的问题的呢？原来，人的脑子里面有几个洞叫做脑室，这个脑室也有大小、部位和形态，脑室里面灌满了水叫脑脊液，他把脑脊液放出来，把空气打进去，在 X 光下面空气就变成了黑的了，医生就可以根据它的形态、位置以及变化来诊断有没有肿瘤。这又是一个了不起的发现。1927 年，又有人发明出了血管造影，说明什么呢？说明血管在脑部也有一定的部位和形态，它在 X 光下面是白色，不透光的，医生以此来判断有没有瘤子，血管有没有毛病。”

冯婉妮：“这又是神经外科的一大发展吧。”

柯达："对的，有了血管造影之后，不仅可以诊断出脑疾病，脑肿瘤，还能对血管进行多方面的诊断。之后，1970年，美国人又发明了CT，就是电子计算机X线体层扫描。完全使用电脑扫描，可以对脑子一层一层地进行扫描，有什么问题，什么毛病都可以扫出来，医生可以连接起来看片子。"

冯婉妮："这又是你们神经外科的一大飞跃吧。"

柯达："这是一个具有伟大的划时代意义的发明创造了。CT一出现，危险就少了许多。比如说，你脑子里面或因外伤出血了，你做一个CT检查，就可以看得一清二楚。有几处出血点，都可以看出来，因为它们可以形成血肿，有几个血肿块都可以扫描出来。所以这个叫豪斯菲尔德的发明CT的人，人家就得了诺贝尔奖。"

冯婉妮："后来呢，又出现了什么？"

柯达："20世纪80年代末，又出来一个叫磁共振，也是美国人发明的。这个比CT更进了一步，照出来的是三维影像，是立体的。你问有什么好处？原来的CT是一张一张的，是平面影像，并且有时候会因一些干扰不一定看得很清楚。而三维影像比CT更清楚了。这个后来又得了诺贝尔奖。没有创伤，没有伤害，只是有点放射线，对人体没有什么关系，这已经是世界上最先进的检测手段了。"

冯婉妮："这是你们神经外科发展的一个基本历史吗？"

柯达："对，这个发展大概分为三个阶段。第一个是大体神经外科，就是做手术时用眼睛来看，也可以叫做内眼神经外科。后来又发展为微神经外科，就是用手术显微镜可以放大7倍到10倍。你想想啊，你放大10倍就不得了啦，1毫米变成1厘米啦，这也是进步啊。”

冯婉妮：“那现在发展到什么程度了呢？”

柯达：“现在已经发展到了微创神经外科啦。就是可以把病变完全去掉，把正常的组织保留好，这里有许多办法，比如说，一个办法是用伽玛刀，叫做放射神经外科，这个原理是，做一个头盔，上面有201个放射源，每一个放射源发出的射线微乎其微，量很小，对脑子不会有什么影响，但这些都集中在一个点上，杀伤性就很强，很厉害，可将肿瘤杀死，之后，慢慢变小，甚至完全消失，这样的话，肿瘤就可以不在长啦。”

冯婉妮：“这要不要做手术或者开刀啊？”

柯达：“不需要，这是一种新概念的放射治疗，有点微创，只是那么一点点。”

冯婉妮：“是不是有些东西要进入脑子里面呢？”

柯达：“不是你想的那样子。有一个头盔样儿的东西戴在病人头上，里面有201个放射源都指向脑子里面的某一个病灶，这些射线集中起来把病灶杀死。这个办法特别好，没有危险，我们已经做了几千例了，没有出现过一例并发症。”

冯婉妮：“效果特别理想对吧？”

柯达：“那当然，这几千个人如果开颅的话，大概1%的死亡率就是国际水平了。这是微创手术的一种。还有一种叫血管内干预治疗。这个人的脑子里面有许多许多的血管，血管会有血管病，所谓的‘动脉瘤’，就像自行车的里带突出来一个包一样，这个包会破，而脑子里面有这个包就不得了啦，破一次死亡率可达30%，如果破二次就是60%，破三次这个人干脆命就没了，生还的可能性极小。我们现在的办法就是插管到颈动脉里面去，把动脉瘤给堵上，这个对病人来说是微创，也不开颅；还有一个办法，就是从病人的大腿的股动脉插管进去，一直插到颅内。这些动脉瘤子都很危险，动脉内压力高，就很容易破，一破人就不好办了。"

冯婉妮："瘤子都是什么瘤子啊。"

柯达："瘤子，包括动脉瘤、静脉瘤，还有动脉畸形，就是血管不正常了，变粗了。最简单的办法就是从大腿根开始插管，股动脉很好找，在表面稍微切一个小口，从股动脉通向腹主动脉，再向上插进颈动脉或者其他动脉治疗血管疾病，这就叫血管内干预治疗，也叫介入治疗。"

冯婉妮："原来介入治疗就是这么介入的啊。"

柯达："现在这个介入治疗也是微创手术的一种，动脉瘤以前要开颅，开颅的危险性就大多了，进入介入治疗，就安全许多了。"

冯婉妮："原来你们开颅都怎么做的呢?"

柯达："原来的办法是把头盖骨揭开，然后再手术，这样对患者太危险，在开颅过程中，病人就有可能造成死亡。"

冯婉妮："为什么呢?"

柯达："因为开颅后，脑脊液会流出来，使颅内压力发生变化，压力一下子就降低了，动脉瘤很薄，很容易破，破了以后就看不清楚了，里面都是血了，看不清楚处理就很困难了。所以，有了这个介入治疗，死亡率就大大降低了。现在90%的动脉瘤都介入治疗了，不需要开颅了。非常好，有一些血管病以前开颅了也没有办法治疗，就进入介入解决。现在，有的病人病情很严重，非常危险的时候，开颅不能开的，也可以用介入插管去治疗。”

冯婉妮：“这就是微创吗？”

柯达：“这就是微创手术。还有内窥镜的办法。就是在头上钻一个小洞，放一个小镜子进去，照着病灶的地方，进去以后就把病灶消灭掉。”

冯婉妮：“这个小镜子有多大呀？”

柯达：“很小很小，以前的内窥镜大一点，现在都很小了，在我们的视线看不到的死角，可以用它来照明，把病灶处理掉。”

冯婉妮：“神经外科发展的历史也很长了吧？”

柯达：“你看你，采访起来就没完没了啦。”

冯婉妮：“你再说采访你，我就掐你。”

柯达：“别介，别介，你掐得可疼着呢。告诉你吧，在神经外科的发展史中，咱们中国只有 50 年，国际上已经有 100 多年了。”

冯婉妮：“相差 50 年啊。我们国家现在有多少神经外科大夫呢？”

柯达：“现在大概有 10000 多个医生。”

冯婉妮：“已经不少了吧？”

柯达：“美国现在有 3 亿人口，他们国家就有 4000 多个高级神经外科大夫。在美国，高级医师才可算作神经外科大夫，美国要培养 8 年才能成为高级医师呢。我们国家 13 亿人口，才有 10000 多个，大概是 10300 多个。医生很少，但病人太多了。国家现在对神经外科也很重视。在北京，现在有一个神经外科医学院，为的就是成批地培养神经外科的高级医师。凡是医学院毕业的学生，都要到该学院再培养5年才能成为神经外科高级医师。

现在我们国家能做脑干肿瘤的只有一个人，很出名的。脑干是一个禁区，生命中枢，脑干上有一种肿瘤叫血管细胞癌。相关统计数据表明，外国一共做了33例血管细胞癌手术，其死亡率为24.2%，我们国家已经做了47例，死亡率是4.2%。”

冯婉妮：“我们国家为什么有这么多病例呀？”

柯达：“人多啊，病例当然就多嘛。我听说，现在北京的天坛医院，他们那有400张床位都不够用，外面还在排着长长的队伍呢。”

冯婉妮：“有这么多的病人啊！”

柯达：“脑血管病是人类三大死亡病症之一。”

冯婉妮：“哪三大死亡病症？”

柯达：“你可真够笨的了，这个你都得让我告诉你吗？哎！哎！嗨！别掐了！别掐了！

一个是脑血管病，

一个是心脏病，

一个是癌症。”

冯婉妮：“我听说还有一个帕金森综合症。”

柯达：“你说得对。帕金森综合症是个什么病呢？大意是，人的脑子有个地方分泌一种多巴胺，脑部缺血之后，那个地方就分泌不够了，就出现了血液供应不足，而导致发病。脑血管病没死的一般都是半身不遂，言语出现障碍，视力减弱，抽风等。”

冯婉妮：“抽风也算脑血管疾病吗?”

柯达：“癫痫病，是脑血管病中千分之四的人容易得的病。我们G省的统计是有万分之四的人得脑瘤。千分之四的人发病时抽风。动脉瘤出血了的话，可以进行外科治疗，把出血的地方处理好，这个人才能活。这种手术分秒必争，不能慢，因为脑瘤血肿压挤时间长了，会造成死亡。癫痫抽风，这是第二种肿瘤的脑瘤引发的。最厉害的是全身抽，一抽就昏过去了。抽的时候，脑子就缺血，就损害了脑细胞，抽起来不停的话，这个人就能抽死。这是大发作，还有小发作和局限性发作。比如，在脑子中管运动的地方有一个病变，或者一个瘤子，或者是细胞坏死，都可以造成局部发作。哪个地方抽动代表哪个地方有毛病。癫痫是很难查，很难办的，一般用药物来控制，控制不了的话，就需要神经外科。总之，这类病症诊断也不容易，治疗就更不容易了，病情太复杂。”

冯婉妮：“柯达呀，我听你发言，我都想得一个什么脑瘤的病了，你来给我开刀怎么样?”

柯达：“别胡说了你，再胡说我就咯吱你行不行，行不行?”

此次很深的交流，让冯婉妮感到她找柯达这样的人做丈夫真是太对了。她当时就想，这个人我这一辈子都不会离开他，一定不会离开他，一定。

自从认识了柯达，冯婉妮就发现，世间还真有这样的一种男人。你说他伟大，他做的每一件手术，任何一件事情，都很认真，尽职尽责，相当投入，还没有索求。病人家属为了谢他，想尽一切办法，要把心意表达出来，他就是拒绝，拒绝，再拒绝，甚至拒绝到一起吃饭这件最简单不过的事情上面。你说他平凡，他就是一个普普通通的医生、丈夫，不吸烟，不喝酒，不耍脾气。工作中，永远在找比自己优秀的人一起做事，也不担心别人做大事情的时候不带他一同去做。他不会慢待、薄待或者有区别地对待任何一个穷患者和富病人，他对待病人跟对待家人基本上是一视同仁，就没有一个人说过他什么不好的话。冯婉妮认为，也许柯达的人生展开的就是简单而精彩的过程，能够做到大多数人所做不到做不了的事情，能够奉献出大多数人不能坚持奉献出的那种毅力和感情，这样的人简直太有魅力了，是人格的魅力。

四

在白菜的精心帮助下，冯婉妮和他们的女儿柯妮妮都分别做了 HIV 抗体检测，第一次的结果让柯达医生顿时松了一口气。半年之后，第二次的复检结果更是令柯达兴奋不已。他老婆冯婉妮和他的心肝宝贝柯妮妮均没有受到感染。

柯达和冯婉妮是在仰慕和被仰慕之间建立起来的深厚感情而走到一起的。柯达出事后，他认为不应将责任转嫁他人，自己的责任应自己来处理。他在第一时间内就把这一不幸的消息告诉了冯婉妮。依他对冯婉妮七年多的了解，他非常清楚，也只有婉妮才是他可以诉苦的人，说说丧气话，再埋怨一番等等。他相信，无论他多么被动，或者不好意思，以及这件事情让他产生的后天的无助感，只要他想表达出来，那么，冯婉妮就是他最忠实最诚挚的义务性的听众，并能帮助他从感情上充分自信和自立起来。

冯婉妮与柯达结婚 7 年多，在柯达的记忆中，婉妮性情温柔却从不跟丈夫撒娇。他也曾与冯婉妮探讨过女人撒娇这个话题，你猜冯婉妮都对柯达说些什么？这与冯婉妮从小在美国生活，在美国长大成人有直接的关系。她说她在美国曾经看过一部叫《养子不教谁之过》的电影。“电影里有这样一幕情景，一位身体已经成熟，但其心理上还想在爸爸面前做小女孩的 17 岁的少女，一见父亲进门，欢快地冲上去就想黏她爸爸时，被她爸爸一巴掌给打走了。在美国的成人与母亲的关系中，可以说是世界上最疏远的关系，并且一直建立在如此的顾虑上。成年人如果总是陷于童年时期那般依赖性的母子关系的话，会对这个成年人的雄性世界造成损毁。其实，撒娇就是一种酿造行为。我从小在父母身边长大，就从来没有见过母亲同父亲撒娇。其实，人的孺慕依赖之情总是要宣泄的，只是方式方法不同而已。”冯婉妮认为爱撒娇的女人是将自己才能贬低的压缩性人格的人，她不想成为这样一个女人。

柯达认为冯婉妮这个女人有她自己的特点，一个人觉得一方面不需要让自己有吸引力，另一方面她也不会去注意别人有什么吸引力的。那么好的一份记者工作，她说放弃就坚决要放弃，不知道这让对她满怀器重之心的领导有多么的伤心。柯达的“病”，婉妮为此不知道哭了多少次。但没有一次是柯达所能见到的，只是看她的眼皮又红又肿，柯达知道，婉妮又在偷偷地哭泣着。对柯达的“病情”，婉妮在跟他交流的时候，十分的小心和谨慎，她小心翼翼是因为生怕哪一句不经意的话说出口后碰到了柯达的疼处，那是她坚决不能原谅自己的事情。夫妻之间，她只接受让自己多吃一点亏的逻辑。冯婉妮对柯达感染上艾滋病病毒曾经屡屡向丈夫抱歉。这之前，她哪里知道这种致人慢性死亡的传染性病毒以及传染性疾病会这么肆无忌惮地像霹雳一样劈到她一家人的头上呢？刚听丈夫讲的时候，她心惊胆战，噤若寒蝉。后来看到自己和孩子特别是女儿妮妮安然无恙，她一度极其消沉的心态稍稍放松下来。她检讨自己平日里不看书不读报，一点警觉性都没有，丈夫对工作有极度的责任感，天天要接触各式各样的病人，做妻子的既然一心一意要为丈夫做出各种奉献，为什么却从来没有提醒过他甚至没有表露过让他在做手术时注意防护和保护自己不被这可怕的瘟疫，医学上称之为头号杀手的艾滋病病毒所感染。一句话，自己的丈夫被感染了，她冯婉妮是绝对有责任的。她想想就恨不得让自己掉进深谷里，一了百了算了。

在和闺蜜严炎捶胸顿足痛哭一场后，严炎看到冯婉妮已经不再是那个有自信有活力的冯婉妮了，在严炎的眼里面，冯婉妮是衰弱的，是后悔不迭没完没了地摇头的绝望者，于是，严炎只能安慰着好朋友："哎呀，哎呀，我的姑奶奶，你就别再哭了行不行呀，哭有什么用，哭要是能把柯达的病哭好了，那我会跟着陪你哭的，对不对？但是，完全不是，嗨，亲爱的，咱先不哭了好不好，咱们赶紧想想自己和孩子应该怎么办行不行？"

冯婉妮忽地抬起一双泪眼，愤愤地说："你什么意思啊，我没地方哭，又不敢当着柯达和孩子的面哭，跟你哭一哭怎么就不行了啊？"

严炎："不是，我是说哭又有什么用呢，你爸妈有什么意见呀？"

冯婉妮："他们让我带着孩子去美国。"

严炎："那就听他们的呗，赶紧走人吧，不就结了？"

冯婉妮："我不去，我要陪着柯达，我死也要陪着他一块儿去死。”

严炎：“呦呦，冯婉妮，你还是知识女性呢，难道你是艾盲吗？你知不知道艾滋病是传染的？你知不知道你们是不能亲密接触的？你知不知道故意传播艾滋病病毒，依法要承担民事或刑事责任的？过失传播同样也会依法追责的，故意传染给配偶也是如此应当承担法律责任的？”

冯婉妮非常生气地反驳道：“严炎，我再跟你重申一遍，我家柯达不是艾滋病，他只不过是病毒携带者，这跟乙肝病毒，甲肝病毒性质是一样的，是被感染的一种病毒，懂不懂，病毒，不是艾滋病！”

严炎看着一脸怒气的好朋友，知道拧不过她，只好缓了一下口气道：“好好好，我明白了，呸呸呸，就当我刚才什么都没说好吧？病毒，是病毒，病毒就不传染吗，你难道就不怕吗？”

冯婉妮：“你到底想说什么呀？”

严炎：“我不想再说了，你还是接着哭吧，我陪你哭，好不好？”

其实严炎本想劝劝冯婉妮和柯达赶紧快刀斩乱麻离婚的，但是看到冯婉妮对柯达的深情厚谊，离婚这两个字她居然挺了半天一个字都没有说出口，因为她已经看到和感觉到了，冯婉妮对丈夫柯达的感情是要死磕到底了，她和他要同甘苦共患难的那种罕见的情分已经表现得淋漓尽致，倘若分开他们两个人，严炎心里说，天不遂愿地不遂愿的时候岂不就是白日在做梦嘛。她看着冯婉妮放声呜呜地在那独自无望地痛哭，严炎禁不住自己也哼哼唧唧地抽泣起来。

柯达出事后不久果真就撞上了无望和绝望。这种撞击和打击都是他前所未有经历到的。

这一刻真的就到来了吗？真的，一点都没有客气，没有含糊。柯达遭遇到了他这一生做梦都做不到的事情，简直让柯达无法面对。柯达感染之后，他很快就在医院的人事科看到了令人伤心的一幕。在柯达的印象里，人事科长从来都是像有事要求着柯达那样，彬彬有礼，满脸嬉笑着，还躬着个腰，要是两个人在医院里走着走着一下子遇到时，他从来都是让柯达先走在前面他稍稍在后面的半步距离。今天就全然地变了。柯达精神都快要崩溃了，他扶在科长对面的椅子上，感觉自己在一阵阵地发抖。他被科长严肃地告知，停止工作，从现在开始，只能再拿半年的薪水，他的病情需要全方位地进行隔离。柯达有些恼了，他现在咳嗽好了，感冒也好了，就像什么事情都没有发生过一样。白菜也明确了这一点，他柯达现在的确是不需要进行治疗的，半年以后再检查，半年以后再看再说的嘛。

从人事科沮丧地走出来，柯达想去找找陈四海院长，但迎面走过来一位副院长，他拍拍柯达的肩膀说，“大家都挺难过的。”说完又再次拍拍柯达的肩膀，摆一下手就走过去了。这让柯达感到自己已经是一个不受欢迎的人了，他该退休了似的。

人人都知道“柯达被感染了”，这是一桩很残酷的事情。对柯达来说，就更加残酷了，没有了工作，没有了手术，他身负一个医生繁重的责任，可以说在日常的工作中，他也是背着一个沉重而巨大的负担——治病救人，所以说，没有工资柯达还是能接受的，但没有了他热爱的工作和手术，他本身的自尊就受到了严重打击，他难以承受这种不公平的落差，没有什么也不能没有工作和手术啊。在今天之前，他在医学界受人追捧，主要是因为他是一个最优秀的神经外科大夫，显赫一时的“柯一刀”，尤其是近几年，随着病人的不断增多，各种疑难病症，倒是为柯达的临床实验提供了诸多机会，使柯达的微创技术越来越精湛，越来越有创新。没有临床也就没有柯达今天的各种荣誉。这一点，他本人非常清楚。但是，一切的一切都要从这个今天翻了过去了。他柯达要试图成为另外的一个人了，他难以割舍，因为这样的生活，他已经过得很习惯了。习惯了的事情，一旦有所改变，况且是被迫的改变，朝着很坏的不知所以然的方向改变，柯达简直无所适从。他气得呼哧呼哧地喘气，当他愤愤然颤抖着走出医院大门的时候，他又回身环顾了一下医院的大楼。接下来的问题是，他将怎样活下去。他从离开医院的那一刻起，就完全迷失了方向，他是以非常绝望的形式存在着的，他敏感、失神地站在街上的一个角落里，不知该往哪里去。

这时候，他想起一位老同事的话，得不偿失啊！

柯达的多年博弈，因为感染了艾滋病病毒，他失去了博弈后得来的一切，包括他风光的所有。这是得不偿失吗？他究竟是怎么感染的，连他自己都说不清楚。在大灾大难面前，他是医生，医生无论在什么地方，都有治病救人的职责和同样的行为。在参加国际救援当中，他抛弃了自己的一切，奋不顾身，涉入的抢救人群是艾滋病人还是艾滋病病毒感染者，他同样想都没想地用生命投入到救援当中，在无数个临床的手术当中，他想的就是病人在他手里，他一定要让这个人活下来。他的手术自始至终都万无一失，这是得不偿失吗？

柯达感到委屈，病人们有时难得叫天天不应，他柯达现在也是病人了，这个时候，他亲身体验到了什么叫“叫天天不应，叫地地不灵”了。

柯达很难过，很伤心，很委屈。他不知道自己冒冒失失地就被感染了，人情没了，面子没了，自尊没了，工作没了而感染者要遵守的规则却多得不能再多了。

五

两年以后，柯达医生又充满了一种激情和强壮。一贯干干净净的，精神抖擞的柯医生已经由最初怀疑不信所造成的一种强烈情绪，回到了现在完全认可的方向上来。他已经平静下来了，他正在考虑着他今后的路应该怎样去走。

冯婉妮和柯妮妮一年前就去了美国生活。这是柯达夫妇考虑再三的决定。在国内，不管你是 HIV 携带者还是艾滋病病人，包括他们的家人及亲朋好友都会遭到不同程度的歧视。柯达已经没有工作了，尽管医院答应继续给柯达医生再开半年的工资。但还不到 6 个月呢，柯医生就发现工资卡里根本不再打进一分钱了。这让柯医生感到了现实的残酷。后来他又发现，作为医务工作者，他甚至连医疗保险都没有，这让柯达医生甚为不解。

本来，柯达知道自己变成“阳性”之人后，要一个人面对很多事情，也包括从未遇到过的种种难以预料的事情。他以前做人凭的是自己的良心，现在他想做什么样的人，已经不由他来说的算了，搞得他狼狈不堪。就说他曾经是“柯一刀”吧，曾经名扬海内外，但他离开医院之后，前来找他动手术的人仍然络绎不绝，但是不知道是怎么回事，他成为艾滋病病毒携带者的消息竟然不胫而走，而且消息越传越邪乎，越传越离谱，连过去点名让他做手术的人都知道了柯医生得艾滋病的消息。有时，一个电话冷不丁地打过来，对方很直接地张口就问：“你是柯医生吗？哎呀，妈呀！你还活着啊！太好了！”“柯医生啊，你可得好好地活着啊，好死不如赖活着呢，你是个好人，好人就会有好报的。活着就好，活着就好啊！”

柯达的博士生导师陈远教授也给他打过电话，确认消息是否真实。陈远是G省宁海大学医学院院长，宁海大学医学院是柯达的母校，柯达在此一直读到博士生毕业。陈导也是一个有信仰的人。强大的人一般都能够在自己的同类工作业绩中找到一种非同一般的快乐。陈教授曾经几次挽留自己的得意学生柯达在大学里做一个学科带头人。但柯达认为，自己的同学丁教授也是痴迷于工作和手术的人，况且丁教授又是那种科学家似的单纯的人，容易满足的精神在大学的科研院所里也只有丁教授和柯达拥有了。他们读博士的时候就很谈得来，俩人的关系一直很融洽。所以柯达认为，留在大学对丁教授来说很适合。而自己去医院做个外科大夫，也不是不可以。什么事情，就怕去争，去抢，只要进行一番争抢，是是非非，就会没完没了。对柯达这样的人来说，这比要他的命还要痛心。

导师陈远盛情邀请他去一块儿爬山。柯达是非常愿意和导师在一起海阔天空畅谈天下的，他们曾经无数次地谈一些自责、改变的有趣话题，谈着谈着俩人会呵呵呵呵笑个没完。但是，现在携带艾滋病病毒的柯达开始犹豫，他还是第一次如此痛苦地拒绝了导师。但是导师就是导师，他从电话那端就读出了柯达的心情和表情，这位医学专家决定帮助柯达自省自悟，尽快恢复当年的面貌。

见到导师，柯达习惯性地想上去抱抱老人，但他止住了肢体动作，他想他是永远不会再去拥抱任何健康的人的了。导师依然保持着天真淳朴的外观，然而，在另一方面，却又十分老练地，或者很爽朗大方地一把就握住了学生的手。放开手时，老人挺高兴地说："不错嘛，你的状态还是不错的，浑身散发着男人的魅力，哈……"

柯达从心里感激老师的安慰和此番心意。两年多来，他失去的温暖太多了。怎么说呢，仅仅因为他是艾滋病病毒携带者，恐怕也只有导师念在师生之情，才不歧视他。很多人际关系，一下子很直接地断裂，对柯达来说，已经造成了他被无情地排斥分离到了另一个人生，这个人生也可能是全世界健康行列人群最疏远的一个人生，起码了解和熟悉他的人至少见到他会顾虑重重，要不要与他握握手？要不要与他说会儿话？柯达已经清楚地意识到，尽管艾滋病病毒是可治的，但是，疏远和陌生的人际关系使他往往连身体最需要的动作都被严格地控制住。他相信，不管他将来怎样，从他自己做起，不会将 HIV 再传染给任何人。

在和导师爬山的两天里，导师的谆谆教诲让柯达在下山前就开始坚强起来。

导师说："小柯啊，你说你的隐私权已经被人为地破坏了，现在已经没有隐私了。要我说，这是件好事情。为什么这样讲呢？在我们国家，职业暴露感染艾滋病的几率是很低的，可是，你被职业暴露感染了，这一事件是必须向有关部门报告的，以确定你用药预防的必要性，还有，被暴露者的HIV抗体要留样备用，暴露后6周、12周、6个月、12个月都要去定期检测HIV抗体。这些部门，这个圈子，即使你想保护这个隐私，那也会有许多人获知这一消息的。我想说的是，就是大家都知道了你柯达感染了艾滋病病毒，你倒是真的不用害怕了。因为大家已经知道了你的情况，大家又都知道只有三种途径跟你接触地话才有可能被感染。第一条途径是性接触；第二条途径与血液有关；第三条途径与妊娠有关。如果这三条跟你都没有接触，都没有关系的话，他们就更不会害怕你传染给他们了，那么，你自己还有什么可害怕的呢？把事情想开来，精神状态就可以变得超脱，不好意思等也会强化为好意思。不要总是自责，自责就意味着弱化自己的人格。你应当这样想一想，只要社会上有大家不能理解或不能接受的事情发生，那么随之而来的就是理解和接纳，只是时间问题罢了。”

导师在他们分手前，又甩给了柯达一句话，“有个广告词我觉得说得挺好，小柯，我们可以用来共勉吧。这个广告词叫做‘山高人为峰’。意思是说，山的高峰是人，人要站在山上，就得往上攀登。人就是要怀揣一颗无所畏惧和无忧无虑的心，去从事一桩事业，能够应付每一个人生的危机、冲击和冒险，到那个时候，你就可以是一个战无不胜的人了。”

与导师分手之后，柯医生终于想开了许许多多的事情。在此之前，冯婉妮多次来电话催他去美国，并告之已经为他安排好了一份薪水颇高的工作，他曾经也动过心。但是与导师分手之后，他终于感觉到自己身上有一双强壮的手按在自己肩上的重量和分量。他的心里轻松了，每走一步，每吸一口气，都是在脱落于过去两年来积累起来的沉重哀怨。而两年来，除了妻子冯婉妮对他百般关爱和体贴外，剩下的就是柯达独自一个人挣扎在黑暗和恐惧不能自拔的那种氛围中。这次和导师爬山后，随着导师身上那慈祥而温暖的力量传递，那些种种让他心事重重、抬不起头来的偏见、歧视以及是是非非，就这样瞬间从他身上流逝。

柯达想，我到底能为感染者做点什么呢？他把自己的遭遇想了又想。他对自己说，当一个感染者知道了自己被感染的消息之后，他们的第一个反应应该是不相信这一事实，对吧。他们会想方设法地找一些医院和一些了解艾滋病病毒的医学专家来了解他们渴望了解的有关信息，对吧。那我柯达就从这里开始做起吧。先代表感染者，代表他们做个学习者走出去，走出去拜访拜访那些曾经为在预防控制艾滋病病情方面做出过突出贡献的一些专家、学者以及参与到预防艾滋病工作中的一些感染者。柯达的计划有三条，第一，他要去见的人都是为感染者年复一年做过突出贡献的人，这些人果真就像媒体宣传的那样吗？他要确认这一点，眼见为实嘛。他这么做很大程度上是想让所有的感染者知道这些关怀感染者的人物是值得信任值得依赖的。第二，他从医这么多年来，有些医学专家，他只闻其名，未曾谋面，不管他作为什么角色出现在他们面前，他是打算拜他们为师的。能够多学一些或者更多地掌握一些关于艾滋病这门病科的流行性病理知识，他要做他们的学生。老天爷不会因为他失去了工作就限制他为艾滋病病毒携带者或者艾滋病病人做些具体事情的，不会的。他也想过，这些知名人物如果真像媒体说的那样待艾滋病人如亲人的话，他柯达此行目的就算是达到了。他要把他们的故事传播到每一个感染者心中，让感染者对他们视如父母兄弟姐妹。第三，他被感染之后，走进了阳性人的圈子里，让他倍感受挫和不安的是，他看到了医疗方面存在的许多问题，这些问题他不需要回避，人是要追求现存一种完美境界的。柯达认为自己是国家培养多年的医务工作者，他有责任也有信心同这些知名专家，知名的社会学工作者，共同来探讨如何改善和解决现存的问题。柯达已经想好了，他想把这次随访学习耳闻目睹了解到的情况，在他有限的能量范围里所解决不了的事情，而且又是这个圈子里争议多年亟待改善和需要解决的问题，通报给国家领导人、国家卫生部。他希望自己的建议能够得到有关领导人的重视，这样他就知足了。在他有生之年，这也就足够了。

他首先访问的第一位专家叫张杰。她是当年第一个深入艾滋病疫区，并加入到防治队伍中来的妇科肿瘤专家。这是一个非常有意思的女人，P省众所周知的“败家子”，P省山南医科大学附属医院妇科主任。说她是败家子，是因为她在2000年多次下乡巡回医疗中，发现了P省山南地区大概有100多个乡镇，几百个乡村的村民在以卖血为生，并感染了艾滋病。出于一个医生的社会责任感，她立即把收集和调查得到的第一手资料写成一份疫情调查报告，通报给了P省卫生厅及有关部门。在没有得到有关领导重视的情况下，她又多次背着一个药箱往返数次，深入到集中卖血的村庄里，为那些因卖血而感染艾滋病病毒的村民送医送药，送去温暖。她这样不厌其烦地做着善事、好事，却惹怒了一些血霸血头。他们认为这个女人是堵住他们财路的丧门星。他们就一伙一伙聚集在一起，围追她、恐吓她，直到把她赶出村子，这给张杰的救助工作带来很多危险和障碍。于是，她又写信给党中央有关领导，报告P省山南地区艾滋病村的疫情状况。这样，她的义举又引起了P省有关人士的不满，就给她起了一个外号，叫她“败家子”。有人被派来直接当着她的面教训她：“你说你真是个败家子。谁有什么不好的事情，关起门来都自己来解决，你可倒好，非要把不好的事情张扬出去，唯恐天下不晓天下不乱，你！哪有你这么败家的啊，哪有你这么做的呢？这下可倒好了，党中央也知道了，全国人民都知道了，你张杰也出名了。”紧接着，“张杰是个败家子”的标语在山南市的大街小巷就这么贴得到处都是。

张杰就是张杰，她这个脾气秉性就决定着她会做这种不信邪的事情。她根本不怕这类事情，就是刀架在她的脖子上，这件事她做得对，而且欲罢都不能，她必须做，做了就不怕。哪个人正面整她，暗地里整她，她根本不理会。

张杰在2000年初就向党中央提出全国应当进行义务献血，这样就能真正堵住因卖血而感染艾滋病的“血浆经济”这条路。路一旦被堵死，就会堵住中国艾滋病的主要传播源——血液传播。张杰在2000年初提出的观点是，在国外，艾滋病的3种传播途径，第一是性传播，第二是母婴传播，第三者是血液传播。但在中国，正好反过来了，血液传播排到了第一位。

张杰跟柯达说着这些不堪回首的往事时，她是很激动的。柯达劝她，“您老别太着急，可以慢慢地说。”

“那时候，最让人揪心的还是死人的事情。我记得当时我走到一个村子里时，赶上村子里的人都在出殡。我粗略数了数，大概死了17个人。这17个人有的是一家人死两个，有的是一家人死1个。艾滋病人说死，扑通一倒，人就没气了。无论你走到哪里，哪里的村头就有很多新增加的坟头，一片一片的。现在你路过P省，你坐坐长途客运，P省是一个穷省，你往外走的路上，眼里看到的，差不多遍地都是一堆一堆、一片一片的坟头。每年到清明时节，这些坟头很少有人问津，坟头上面杂草丛生，看着都让人心里悲凉。这都是疫情出现时留下的灾难痕迹。有一天，我走到另一个村子时，看到有3个孩子跪在一个坟头面前，哭哭啼啼的，这3个孩子一个8岁，一个6岁，一个4岁，3个都是男孩子。我过去蹲在他们身边，问孩子们‘死的人是你们的什么人啊？’8岁的孩子说死的人是他娘。

‘那你们的爸爸呢？’

‘爸爸也死了。’

‘家里还有什么人吗？’

孩子们说，‘还有个姑姑。’

‘姑姑能养活你们吗？’

‘姑姑也病了。’

‘是艾滋病吗？’

孩子们都点点头。他们这么小小的年纪，就知道他爸他娘是得了艾滋病死的。

“我跟着3个孩子回到他们的家，果然炕上躺着一个30多岁的女人。这个女人已经病得快不行了，直挺挺地躺在那里，没有声音。

“我问她，‘你家大人里面就剩下你一个人了吗？’

“她半天才轻轻地点点头。

“我又问她，‘这3个孩子有没有艾滋病？’

“她过了好半天才摇摇头。

“我跟她说，‘我给你留下一些药品，怎么用我都给你写清楚。另外，我把这3个孩子带去检查身体，你同意吗？’

“她又过了半天才点点头。

“后来这个女人在我把孩子带走后的第三天就走了。邻居们打电话告诉我时，我心里难过得不得了。我当时主要考虑的是，这个家庭剩下的3个孩子太可怜了。我不能再把他们送回去了，送回去他们也没有人来管了，以后要是流浪到社会上，会给社会再带来一些麻烦就不好了。

“于是，我把这些孩子带去疾控中心进行检测。他们个个都是阴性，过了半年以后，再给他们进行复检。结果令我很高兴，这3个孩子都没有被感染。他们成了艾滋孤儿。这3个孩子后来我就把他们送到了我自己的家乡，特意找了一家富裕人家。这家人是做豆腐生意的，在我家乡这一带是远近闻名的‘豆腐李’。孩子留在豆腐李家后，我经常打电话询问老大德明，‘你们都过得好吗？’电话那边的德明就告诉我，‘张奶奶，我和两个弟弟都很好。李伯伯对我们都非常好。’现在，那个老大德明刚刚考上了当地一所大学。我也挺高兴的，给他拿了第一学期的学费。

“我对艾滋孤儿的救助都很上心，不是把他们托付给一个好人家就不关我的事了，不是这样的。

“有一年，我去一个村庄，看到一个孩子在他父亲的坟边站着，这孩子没有哭，却握紧了拳头，我说，‘孩子，你怎么了？’

“他瞪着眼睛瞅我，上下打量我，没说话。看他气呼呼的样子，我又问他，‘好孩子，你到底怎么了？有什么事情就跟张奶奶说，奶奶会给你做主的！’

“孩子还是一副气呼呼的样子，扬起小脸，举起小拳头，‘我要杀了他。’我当时就吓了一跳。

‘你要杀了谁呀？’

‘我要杀了抽我爸爸血的人。’

“我一把就把孩子搂到怀里，孩子还在挣扎，还在恨恨地说，‘我要杀了他……’

“后来，我把这个倔强的孩子一直带在身边，教育他，开导他，直到他要上中学了。那个中学是我们市里的一个重点中学，食宿都在学校。这个孩子还是挺出息的，高中毕业后就参军了。我告诉他，只要你认我这个奶奶，我永远都是你的亲奶奶。他现在已经是一个出色的年轻军官了。逢年过节或者平时打来电话，第一句话就是：‘报告奶奶，刘晨晨向你报到……’看着这孩子终于成为一名国家栋梁之才，我心里就比较舒坦，感到非常满足。”

柯达知道，张杰教授从2000年开始，便针对上百个艾滋孤儿进行救助行动。有的被托付给经济条件比较好又缺少孩子的家庭寄养，并一直帮助这些艾滋孤儿，改善待遇，帮助解决一些实际困难。让一些患艾滋病的孩子病有所医，生活安定下来后，给他们零用钱，帮助他们带着弟弟、妹妹树立生活下去的勇气。

“有一户人家，户主卖血得艾滋病死了。他的妻子和3个孩子都没有被感染，检测都是艾滋病病毒抗体阴性。结果这个母亲发现自己没得病，高兴得不知什么原因就丢弃3个孩子跑了，不知去向了，我在她家守着3个孩子等了她3天，她都没有露面，因为这3个孩子都太小，我给他们留下1000块钱就走了。后来我又路过这户人家的村子，就去这户人家看一看，没想到这3个孩子过得还挺好的。老大还没有上学，我就又给他们留下一些钱，给那个大一点的小姑娘留下一个电话，告诉她，有什么困难就打这个电话找张奶奶。这一晃七八年过去了，这3个孩子现在都在上学，他们的生活都由村委会组织人照顾着，我就比较放心了。”

张杰出名之后，很多艾滋病人写信打电话向她求医问药，别看她脾气耿直，人很豪爽，但在做艾滋病人的心理工作和为艾滋病人排忧解难方面，却做得非常细致周到。

广东的海某曾经给张杰打过十几次电话，他总是拿着他身上的艾滋病的症状寻思着与自己对号入座。“今年春节，他又打电话给我拜年，并问我是否还记得他。他说半年前，他玩过一个妓女，玩完了就害怕了，给我打电话告诉我，他已经做了HIV检测，结果是阴性，但他不相信。他说现在体内发热，咳嗽不止，呼吸急促，吃不下任何东西。他听说艾滋病人一般都会患卡氏肺孢子虫肺炎病，最后也是活不成的，他问我这是真事还是假事。我就耐心地告诉他：正常人不会感染你说的那个病的。这个病只能感染免疫缺陷的个体。比如艾滋病、白血病、淋巴瘤等恶性肿瘤患者，还有接受器官移植的患者等。我还告诉他，艾滋病病毒的传播途径其实只有两点，第一个是病毒携带者排出体内的血液，精液和其他分泌物；第二个是另一个器官出现状况。我们现在宣传中提到过的性传播途径，其实归根到底也应该是人体的体液进入破损的地方才可以传播。比如，在阴道性交中，只有带病毒的体液通过女方的黏膜或者双方的任何破损的地方而进入另一方的体内，病毒才有可能传播。另外，同性恋在肛门性交中，双方都比较容易出现破损现象，病毒就会随着体液进入到另外一方的身体内。如果没有体液做传播中介的话，如果双方都没有微小的破损的话，那艾滋病病毒就不可能传播。

“其实艾滋病病毒传播的概率是非常小的。在日常生活中，我们和艾滋病人接触，比如握手、拥抱、共同用餐、共用坐便器、共用交通工具、共用衣服、共用电话机手机、共用办公用品、共用床单等，都不会感染艾滋病病毒。也包括蚊虫叮咬、咳嗽、打喷嚏等都不会传染艾滋病，艾滋病病毒只生存于人体的细胞中，离开人体，病毒在空气中会很快死亡。我想说的是，从 2000 年到现在，我接触的艾滋病人大概已经有几千人了。我多少次已经记不清楚了，我把一些艾滋病病毒携带者和一些艾滋病人请到家里面来做客，我们也共同生活，共同吃饭，十几年过去了，我和家人都很健康，没有被感染上艾滋病病毒。所以我说，艾滋病没什么可怕的，可怕的是无知。

“这里我张杰也想告诉大家，如果你跟艾滋病人或艾滋病病毒携带者一起生活的话，一定要首先掌握预防艾滋病的基本知识，保护自己不被感染。另外，对患者的生活用品，比如牙刷、毛巾、刮胡刀、指甲刀、餐具等用品一定要单独使用，女患者的月经纸应彻底烧掉，如果经血滴在便池上，应该随时进行消毒。沾有艾滋病病毒的用具，只要煮沸烧开了水，就可以迅速灭活，气温在37℃时，用70%的酒精，10%的漂白粉，4%的甲醛，0.3%的来苏水都能够灭活艾滋病病毒。很容易就能灭掉的。

“另外，艾滋病患者常常有出血现象，遇到这种情况的时候，不要慌张，不要直接用手来按压，一定要避免被血污染而感染艾滋病病毒。

“我认识一个警察。有一天他值夜班，一直到早晨7时左右，一夜风平浪静，什么事情也没有发生。他正得意地准备交接班的时候，突然，有一个人气喘吁吁地跑进了派出所。他说，警官，我报警，我早晨到我的店铺开门时，发现有一个男人死在了我的店门口。这个叫赵琪的警官二话没说，带上帽子就冲出了派出所。

“出事地点是一个距派出所不远处的一个菜市场。当赵琪赶到的时候，周围已经围满了人。赵琪当时伏下身仔细地观察着死者的外貌，这个人大约30多岁，衣着干净整洁，面色看上去不太好，灰黄灰黄的，这个人干瘦，嘴唇已呈紫色，浑身上下没有受伤的地方，不是他杀。再仔细一看，死者的手臂上全是密密麻麻扎的针眼，赵琪判断这是一个吸毒者。赵琪为了进一步查询死者身份，想看看是否有身份证，他便伸手搜寻死者的衣服口袋。就在这一瞬间，他伸进口袋里的手被一个针扎着了，他立刻抽回了右手，发现手上带出一个一次性注射器，针头已经扎弯了，针具里面还有一点血。他拔下针头，马上就有一点滴的鲜血从自己的手上冒了出来。赵琪立刻紧张起来，凭他多年的从警经验，这支带血的针头无意间扎在了自己的手上，他不太敢想下去。

"大约20分钟后，赵琪处理完现场后，赶回派出所跟领导报告情况。两个小时后，派出所的另一个警官从现场回来报告说，现场死的人是一个吸毒的艾滋病患者。由于此人吸毒，他的家人把他赶出了家门，他无处可去，就专门找菜市场这种地方栖身。上午9时许，警方从市艾滋病疾控中心获知，通过资料库查证，死者就是艾滋病人，1998年在此做过登记在册。该部门又把警方送去的针管内留存的血样进行了HIV检测，结果为艾滋病病毒抗体阳性。

"赵琪得知情况后，立刻赶到了疾控中心，医生对他的伤口做了紧急的处理。然后，立即给他服用了两种救人的特效药，一个是双汰芝，一个是佳息患。赵琪服下药后，轻松了许多，但他还在等专家的另一个检验结果。疾控中心的专家们为了弄清楚赵琪是否被感染，又把那个艾滋病死者留下的血样重新进行了检测，从针管凝固的血液里面，专家发现，艾滋病人使用该针管的时间是前一天晚上21时左右，而针管扎伤赵琪的时间是次日早晨7时左右，也可以这样说，艾滋病病毒在这个针管里足足待了将近10个小时才扎在了赵琪的手上，这里有一个常识性的问题，就是说，艾滋病病毒在人体外的空气中是比较脆弱的，它在离开人体3个小时后就会自然而然地死亡。专家们就推断出，即便被艾滋病病毒的针具扎伤，赵琪也不太可能感染艾滋病病毒。这一推断结果让赵琪彻底松了一口气。3个月之后，赵琪又去了一次疾控中心去验血，结果病毒抗体实验呈阴性。

“我这里还要讲一个问题，艾滋病是可以预防的。一般情况下，被艾滋病病毒侵入身体后，1小时内服用双汰芝和佳息患两种特效药，被感染的可能性只有0.3%。如果在2小时内服用的话，感染率只有2%。若超过了24小时再服药的话，已经于事无补。

“小柯呀，你被感染了，我听说后，心里特别不好受。柯达‘柯一刀’，这个名字，我几年前就听说过，我是搞妇科肿瘤的，你是搞外科肿瘤的，我们都是搞肿瘤手术的。我知道你有很好的医德和医术。我曾经在一个全国微创手术演示会上，亲眼看到过你做的手术表演。说真的，那场演示真是太棒了，给我留下很深的印象。手术成功后，我们都在外面为你鼓掌庆贺。你在医学界的口碑很好，我很佩服你。”

柯达：“张老师，千万别这么说，我现在就是一个普通人，一个感染者。”

柯达对张杰充满了敬意。这是一位80高龄的老人，但柯达看不到她老态龙钟的样子。张杰依然精神矍铄。张杰是个敢于承担的人，敢于承担社会责任，敢于涉及比较棘手又比较敏感的艾滋病。倾其所有，对艾滋病人感情深厚，以至于达到了欲拒难舍，欲舍难离的程度。张杰极其讨厌那种夸夸其谈的人，你不做正事，你也别妨碍别人去做。艾滋病人也是人，我们把爱亲人的力量多献些给艾滋病人，让他们消除紧张、压抑、恐慌的心理，辅助他们战胜困难，坚定信念，大大方方地面对人生。她对柯达也施用了激励原则。她说："小柯，你能信任我，能直接跟我道出你的一些苦衷和烦恼，让我很感动。你的性格宽宏博爱，为人宽厚仁慈。你的学识渊博，医术高深，是一个博而精的人才。一个感染者，不能因此就怕事了，雄气不够了，畏惧很多事情了，意志就软弱了，对事对人犹犹豫豫退缩了。你应该不是这样，依我对你的判断、认识和了解，你是个标新立异的人，勇于向传统挑战，开拓性很强的一个人。

我们现在的医学界，手术难，是感染者就医面临的一个最突出的问题。专业程度较高的手术，并不归传染病医院执业范畴。那么，这一回你'柯一刀'不就可以填补这项空白了吗？我相信你今后会是一个开拓性地能做很多艾滋病人所不能为的实际事情的人。这里我只给你提一点建议：言辞过于恭敬必怀戒心。有分寸地使用恭敬的语言是很重要的，但一定要分人。艾滋病人也是人，也是病人，面对势利眼的人，他跟你居高临下，你也不用掩饰，问心无愧，你可以用你的气势压倒他们。哈哈哈哈。"张杰说到这里很开怀地大笑起来，柯达也悄悄地笑着说："张老师，谢谢你，真诚地谢谢你！"张杰的确是一个个性突出、爱憎分明，不在乎事情的结局，得理不饶人的人。这跟她的性格分不开。柯达想，张杰能够坦率、直言地告诉他，要注意的一些问题，实际上柯达早已经觉察到了。自己被感染之后，当他越想要去隐瞒它，掩盖它的时候，就越容易说错话，或者做错事，无意之间让心虚表露无遗，别人趁势就来欺侮你，甚至肆无忌惮地欺侮你，你无法快乐起来，就自己烦恼，自己来掩饰自己的懦弱和心神不宁。

柯达从张杰教授这里获益匪浅。他在返回海滨市的路上，忽然就想明白了一个道理。无论多少不幸落在了一个男人身上，他都应该沉着冷静，默默地咀嚼失败，默默地总结经验。男儿当自强，这话可不是凭空说出来的。都说生命可贵，柯达总算想明白了，生命确实贵，贵到了多少钱也买不到的程度。这就是一个贵法的法则，真正的男儿就更贵了，贵得你根本无法买得到的。

六

柯达认为自己好不容易挺过来了，好不容易走到了这一步。他不想停下来，做个不作为之人，未来谁也不知道会是什么样儿。他想为阳性人群做些实际的事情，为感染艾滋病病毒，感染艾滋病的人挺身而出做点事情，挺身而出，这个用词对他来说也许不太贴切，但自己还能有什么呢？有的大概就是一种质朴的生存的本能和无奈了吧。他现在就是一个被遗忘的角落了。

柯达的老同学，就是在G省疾病控制中心做流行性性病预防研究的那个叫白菜的人。其实他叫白蔡。他父亲姓白，母亲姓蔡，他们的儿子出生后得名白蔡。白蔡这个名字一直叫到他上小学前。后来，姥姥发现白蔡写自己的名字非常辛苦。于是姥姥就建议女儿，把孩子的名字改成白菜。他妈妈最初尝试着在家叫了几天，“大白菜，白菜，小白菜”，觉得白菜这个名字以后会让同学取笑的，人为什么起个名字还要让大家来取笑呢，不好不好，孩子为此以后心里会有阴影的，这会让人认为孩子的父母没有多少文化的。但白菜的姥姥和他的父亲观念一致。“人的名字就是一个符号。一个名字，大家叫得顺口那就是吉祥，那就是如意。白菜，青青翠翠，给人的印象青青绿绿，要多好有多好，写起来又不复杂。”于是，上小学之前，白菜就在户口本里替换掉了“蔡”字，改名白菜。

白菜是一位学者型官员，在上面当官，不时有学术文章问世。白菜曾经参与起草过《中华人民共和国卫生部令》及相关文件编撰工作。参与组织编辑《现代传染病医院管理学》之类的著作。柯达知道白菜经常夜以继日地写书，关于传染病的预防、疫情的控制、地震中的有关医疗救治等等。白菜的工作比较劳累，责任重大。柯达还了解到，每当国内外出现重大疫情，出现大灾大难，越是严重灾害，白菜就越会被抽调到医疗小分队身先士卒地前往受灾现场参加救援。那年，海地发生地震和海啸，白菜随中国医疗队赶往异国参加救援，曾与死神擦肩而过。回国后，白菜差不多病了有3个多月。柯达在白菜生病的3个多月中也在手术台前忙于一台又一台的手术，竟把白菜得病的事情忘得一干二净。后来，他们再次邂逅是在上海举行的一次医学界微创手术学术研讨会议上，俩人在一个酒店的大厅里意外地碰到了对方。但这次白菜的气色很让柯达吃惊。“你是不是病了？”俩人握手时，柯达问白菜。白菜手里拿着一本书有点埋怨地说：“我病了那么长时间，柯达你不够意思，也不来看看我。”柯达有点不好意思地问：“太忙了。老兄，现在情况怎么样，要做手术吗，那就来我医院吧。”“你就想让我挨刀是吧。我现在还好。老柯，不用我单独给你了，这是我新出的一本书，送你老同学，多提意见啊。”白菜把书交给柯达就匆匆忙忙走掉了。柯达一看，《艾滋病心理防治与干预》，柯达当时看了一眼书名，觉得挺好笑。白菜是研究性病的专家，可是什么时候又研究艾滋病了呢。过后，柯达依然很忙。忙的时候他又把白菜气色不太好的事情给丢到了脑后面去了。

那些日子，柯达一天到晚手术不断，白菜一天到晚周旋于各种学术会议，召集会议，深入到最基层做疫情的调研报告，回到家中就赶紧把调研报告汇总出来再往上报。他们真是很难找到一个恰当的时机聚在一起，哪怕是小聚呢，很难。

现在不同了，柯达有的是空闲时间，但白菜依旧在忙，种种事务层出不穷。就让他忙去吧，柯达在想，他要是有一小会儿工夫来陪我下一盘棋，那该是多好的事情啊！

翻开《艾滋病心理防治与干预》这本书，柯达闪出的第一个念头就是，感谢白菜在百忙之中写成这本书。他现在不是作为一个普通读者，一个普通医生在读这本书，而是以一个艾滋病病毒感染者的身份来读这本书。此时的柯达很想念白菜，他的眼前浮现出白菜的容颜，现在的白菜和柯达同岁，虚岁已经46了，体态有点发胖，真就像一个举止文雅的绅士。他的眼神有点疲倦，表情沉静，看到白菜，你不会感到这个世界会有波涛骇浪。他就是一个心平气和，安安静静的学者。柯达在想，假如有一天听天由命我柯达死掉了，我该给白菜留下点什么呢？把冯婉妮和妮妮托付给他照顾。他知道，白菜一直都很欣赏冯婉妮，白菜以前曾跟柯达说过，自己也要找一个冯婉妮这样善解人意的女人。白菜离过婚。过去那个女人是个很矫情的女人，是他们两个人的大学同学。这个女人不漂亮，但有手腕。她就像苍蝇一样叮上了白菜，白菜轰都轰不走，外加这个女人比较风骚，关键的时候，白菜毫无办法对付她，只好听天由命由她摆布。后来这个女人在外面很不老实，搞得别人家鸡犬不宁，人家的老婆直接找到白菜，指着白菜的鼻子痛骂，意思是管好你家的那个狐狸精。白菜为此束手无策，被烦得没有办法的时候，白菜就提出了离婚。好在这个女人外面已经有了要再嫁的目标，很干脆就答应了白菜的离婚提议之后，却卷走了一大部分白菜和她共同的财产。白菜从此就再没有去主动找过女人。倒是老同学柯达比较热心，曾经把第一医院感染科主任江雪英介绍给白菜。柯达对江雪英的印象与对白菜的印象一样好。因为当年在医学院里，江雪英就是做学生干部的。柯达认为，能做学生干部的人首先她不自私，另外就是她变通能力特别强，变通能力强的女人就能把公事当私事来办，把私事当家事来办，精力充沛地充分软化对方的心灵，直到把事情办成为止。柯达却一个心眼地认为江雪英和白菜俩人的事情差不多能成，这理由之一是他们都是老同学，又知根来又知底，理由之二是他们俩都在做一些国家级别的重大科研项目，包括中国疾病预防控制中心等有关部门共同组织的一些重大科研活动和一些医学报告会议。可没有想到，柯达跟白菜刚一提起江雪英，就被白菜摆手制止了。

“哎，老柯，你要想帮我就不要再提这件事情了，好不好？我不能刚送走一个瘟神，又迎来一个瘟神，我还活不活了？”

“江雪英她人不错嘛，我才给你介绍嘛。”

“不错？不错的话你倒是要她啊？”

“不，我说你这话可不好听，我也是好心成全你!”

“老柯，谢了，谢了，你提谁都行，就是别跟我提江雪英。”

“为什么?”

“拒绝回答。”

这件不欢而散的事情已经过去几年了，白菜46岁了依然还是单身。他曾经对柯达说：

“一个女人的一生过得好不好，关键是她选择的丈夫好不好。眼下不是有这样一些传上传下的俗语吗?我告诉你，嗨，说得太精辟了。说，小凤仙当年幸亏找到的丈夫是蔡锷，所以她就千古流芳，她要是碰到了孙中山，那她就是一个赫赫有名的国母了。倘若小凤仙找到一个民工，那她的命运又会是什么样子啊。所以说，一个好的单位就是一座好庙。一个好的家庭是有一个很好的女人在家守着。你柯达今生今世娶到了冯婉妮这样的好女人，妒忌你但也在心里祝福你。好好地过好你的好日子吧。”说完，白菜很激动地拍拍屁股站起来就要走。柯达当时就回敬白菜一句：“哟，哟，哟，我才发现白菜你这个人还很酸呐。”

显而易见，有多少次了，两位老同学聚在一起，只要谈到冯婉妮，白菜就显得不同以往那么容易沉静了，他说到冯婉妮，就显现出他的一些激动情绪出来。柯达就不由自主地咧嘴憨笑。在他的心里，无论是他的大学同学，还是同仁同事，亲朋好友，大家都那么步调一致地承认“冯婉妮，她是个不多见的好女人”。想当年，谁谁谁当着他的面对他的老婆道出印象极好的话语时，柯达都会从骨子里感到兴高采烈，浑身上下流露出自豪和满意的神情。冯婉妮身上焕发着真、善、美的魅力光辉，原来不仅仅只有做丈夫的看得清清楚楚，大家的眼光都是一样的，都是雪亮雪亮的。

柯达暗暗地想着，等白菜有空的时候，他一定要把该托付白菜的一些重要的事情尽早尽快地跟白菜交一个底儿。自己的病决定了自己过去今天，就不一定会有明天或者后天。此时此刻，柯达甚为想念柔妻冯婉妮，她的面容总是那么白净透着一种健康的粉红，那么娇小玲珑的身材，每当柯达的手触到了她那细小的腰身，柯达就会感到心跳加速，无法自控。冯婉妮说话的声音是那么甜美，至少在柯达看来，她是一个没有脾气的女人，平时的时候，她要是不高兴，只要用那双温情的眼睛对着柯达眨巴那么几下，柯达立刻如触电一样，心领神会，赶紧就把她抱在怀里。抱住她，柯达就仿佛抱住了所有的温馨，所有的希望，所有的幸福。

冷不丁，柯达醒了过来。他扳住脱缰的想象和思念，赶紧劝慰着自己，柯达，别再想下去了，这样想下去的话，对身体、对情绪，是没有好处的，只能让自己悲壮起来，不太好收拾的啊。

柯达已经习惯于自我安慰，自我安抚，自我进行人文关怀。比如，他认为一件事情导致自己的情绪有所波动，他会安抚自己做深呼吸，慢慢静下来。他想念妻子，想念女儿，有时想得要疯了，他就痛哭痛泣，自己劝着自己，好了，好了，都过去了，都会好起来的。有时，他在外面被惹了一肚子的气，回到家中，这时候他家里的健身器材就会帮助他疏肝理气。

疏肝理气，他是有一套办法的。他经常坐在那里，把两只手掌交叉开来，抱住后脑勺，抱住不动，两臂与肩膀齐平开来，然后慢慢向左面方向转去，在左转的运转过程中，两个腋下都要张开来。转到一定的时候，停一下定一会儿神儿，再进行右转。接着，再进行反复。柯达认为这一招是很管用的。

柯达有时候也会出现莫名的伤心、伤感、委屈，无望无助。但是他知道一个道理，人只有做到无心方可长寿。生活其实就是享受，你要能够做得到用一种无心的姿态去享受生活，你会觉得生活像一朵鲜花，很有诱惑。柯达哄着自己不去浮躁，不去妒忌，不去羡慕，他自始至终都做着很实在的事情，尤其在得病之后，他依旧保持着很实在的人格，看问题，做事情都比较顺其自然，从不去钻牛角尖，不难为自己了。

七

柯达翻阅着白菜的著作《艾滋病心理防治与干预》，仿佛白菜面对他而坐，静静地向他叙述一样——

这本书的开篇序言这样写道：

“一位社会学家兼医学专家说得好：‘如果说，由于人的自私、堕落、鲁莽、冲动、无知和无所畏惧的乱性行为而把艾滋病病毒传播到了自己的身体内，即可引起人体获得性免疫缺陷——艾滋病，那么，艾滋病病毒，则是利用了社会层面上的免疫缺陷综合征，即人性随意放纵的一种弊病。’

“笔者在这里讲的却是恰恰与之相反的一群无辜的感染者。当他们战胜了伤感，战胜了抱怨，战胜了自卑自弃，当他们走出恶性循环的际遇，他们就变得坚强起来，意志坚定起来。他们是如何感染了艾滋病病毒的，其实已经不重要了，重要的是他们勇于参与，不懈努力的精神，都做到了并体现在了事无巨细的防艾工作之中。他们不仅代表了中国防艾工作未来发展的一个方向，也代表了现有在册还活着的80多万艾滋病人的一种心声。他们是无名英雄，他们的坚持是靠一种精神抵御，决不后退的力量而为。他们的社会责任感，是建立在一个良性循环的责任层面上，只不过，他们前进的道路比较崎岖，非常不平坦，但他们无所畏惧。他们是穿梭在艾滋病无硝烟战场上的勇士。他们渴望创造出更和谐的人与人、人与社会融合在一起的新型社会关系，渴望艾滋病被社会关注，渴望艾滋病人被社会容纳。因为，我们这个社会已经是一个和谐、细腻、宽容的社会。”

什么是病毒？书中写道，“病毒，是人体细胞内寄居的一种病原体。是被蛋白质保护外壳包裹着的感染性核酸。”

“病毒是通过感染的方式进入人体的，即病毒核酸注入人体细胞之后便被感染。接着，病毒又利用人体细胞的生物合成机制，在细胞内进行基因表达和自我复制，以繁殖和释放更多的病毒。”

“病毒主要通过三大门户侵入人的机体：呼吸道、消化道和性通道。有些病毒能够垂直传播，通过胎盘或经产道、哺乳直接由母亲传给婴儿，这是生殖细胞传播。垂直传播的病毒如乙肝肝炎病毒、人类免疫缺陷病毒、单纯疱疹病毒、巨细胞病毒、风疹病毒、麻疹病毒、水痘病毒、腮腺炎病毒、脊髓灰质炎病毒等等。”

“大多数病毒是通过吞噬作用进入细胞的。一个被病毒感染的细胞可以复制、释放出100－1000个病毒颗粒，病毒复制增殖的时间有的需要几个小时，有的需要几十个小时，有的则需要数天或者更长的时间。大多数病毒通过人体细胞表面的正常分子，如脂蛋白或脂多糖作为受体而结合，可感染众多的靶细胞。靶细胞包括吞噬细胞、B淋巴细胞、骨髓干细胞以及神经细胞、肠道细胞等。病毒在人体靶细胞中复制，会导致细胞功能紊乱，进而发生病变。”

“病毒感染人体的靶细胞后，不是杀死靶细胞就是杀伤靶细胞。杀死靶细胞的病毒复制，可干扰人体受感染的蛋白合成的功能，病毒不断地周而复始地循环以形成复制扩散感染，侵犯更多的人体细胞，使人最终致病甚至死亡。”

让我们来认识一下自己身体内细胞是个什么模样吧。

1953 年 3 月，美国的一位科学家弗朗西斯·克里克——一位专门研究细胞组织的专家，非常有趣地把我们身体内密集的细胞串联起来，并勾勒出一种非常新奇的角度。大家都知道，细胞本身的直径不过是以微米来计算的。科学家告诉我们，人体的第一个细胞中的 DNA 足有两米长，如果按比例将 DNA 放大到缝纫机线绳般粗细，我们人体的每个细胞的 DNA 将有 200 公里长。细胞又可称为仙胞，它有长生不死的精神与力量。细胞在我们人体中是各负其责的，比如 T 细胞和 B 细胞，肠道中的黏膜细胞，大脑血管周围的巨噬细胞等等，它们在人体中的作用就是直接维系人体机能的免疫系统。

人体的免疫系统是由 1 亿个细胞组成的，换言之，免疫系统有 100 万组细胞，而每组又含有 100 万个细胞。

1984 年，丹麦科学家尼尔斯·杰尼因对免疫学的开拓性研究而荣获诺贝尔医学奖。他把人体的免疫系统直接描绘成了一个巨大的交响乐团。所有的成员在一起演奏，每个成员演奏各自不同的乐器，他把我们人身体内的细胞职能比喻得再贴切不过了。我们身体内的每个细胞，只对它能够对付的细菌、病毒入侵者发生反应。杰尼的网络理论表明，人体的免疫系统通过令人吃惊的“克隆技术”而不断地改变自己，以应付出现的任何入侵者，在身体不需要它们时，免疫系统会自动关闭。

其实，人体的免疫系统，正如大家所知道和了解的那样，它就是精密的作战部队。是你身体中的“国防军”，它使你免受亿万个细菌、病毒的侵入。

人体的免疫系统由免疫器官、淋巴组织、免疫相关细胞、免疫效应分子组成。免疫器官主要由胸腺、骨髓和类囊器官、脾、淋巴结及各级淋巴细胞组成。大家也都知道，胸腺发生的疾病，最常见的就是肿瘤。

在这里主要说的是 CD4T 细胞，它是淋巴细胞的第一大细胞群，也是人体最重要的免疫细胞之一。它具有指挥机体抵抗微生物侵害袭击的功能。CD4T 淋巴细胞在体内的数量与艾滋病患者的病程息息相关，其数量越低预后越差。CD4T 淋巴细胞计数是艾滋病免疫损害状况最明确的一项指标，也是疾病分期的指标。检测 CD4T 淋巴细胞的数量，实际上就可以了解艾滋病病程进展到了什么程度。检测 CD4T 淋巴细胞计数还可以针对监测病人是否耐药起到一个重要的作用。比如，在抗病毒的治疗过程中，CD4T 淋巴细胞计数如果先上升后又下降，这就提示医生这个病人已经出现了耐药。

艾滋病是由艾滋病病毒（HIV）引起，是一种免疫缺陷病毒，可以引起艾滋病，即获得性免疫缺陷病毒感染综合症。艾滋病病毒同时是一种多嗜性病毒，这种病毒不是 SARS，SARS 是在空气中和飞沫中传播，而艾滋病病毒是直接穿入人体的 T 细胞，通过吞噬作用，不是杀死细胞就是杀伤细胞。带着杀伤力的病毒，还可以无条件地和细胞整合在一起，安抚在一起。同时，它还将继续活在T细胞的染色体内并能长时期地进行潜伏（1－15－20年）。这里应该注意的是，因为艾滋病病毒（HIV）是由两条RNA基因组织和反转录酶组成的病毒，它的特点是可以利用反转录酶将RNA反转为DNA，这样病毒DNA就可以复制出新的病毒，并把其整合到被感染的细胞基因中，使病毒能够保持在8－10年以上，甚至终身都不发病的潜伏状态。直到有一天，HIV被某种诱因重新激活后所产生出新的病毒又开始周而复始形成复制扩散感染，这时，人体所面临的状态就很严重了，会很迅速的使人发病或成为艾滋病人。

实际上，确切地说，艾滋病病毒能适应很多细胞，如T淋巴细胞、巨噬细胞、部分肿瘤细胞。这些细胞被入侵后又都含有可以并能够与艾滋病病毒相融合的蛋白质。直到有一天，人体的免疫机能就像一面墙被凿裂开了一个大窟窿，养精蓄锐“冬眠”了许久的艾滋病病毒被激活的细胞病变能力反而越变越强，同时，艾滋病病毒在细胞中的适应能力也将越来越强。这样，拥有大量繁殖能力的艾滋病病毒会再次进入人体的细胞之内，肆无忌惮地生吞活剥着细胞中的各种微弱细胞。这时候的人体就会很快进入了一个发病期——艾滋病期。艾滋病是一种由艾滋病病毒引起的全身性传染病。

柯达的眼神落在了白菜在书中间的一个提示上面：人体一旦感染了艾滋病病毒，这种罕见的病毒可以摧毁人体的白细胞，即辅助性T细胞或CD4T细胞。这种细胞对人体抵御病毒至关重要，艾滋病病毒正是以它们为攻击目标，进入人体后，摧毁 CD4T 细胞越多，人体免疫系统就越脆弱，越无法抗衡新的感染，尔后疾病缠身，恶性循环……

柯达读到这里，读不下去了。他站起来，突然合上书本，急匆匆地走出家门。白菜的这本书，其实给柯达带来了许多宝贵的提示和警示，甚至包括他以前从未留意显得很无知的一些东西。柯达被感染之后，曾经仔细研究了有关艾滋病，才发现人类对此疾病三十年来一直是一筹莫展，束手无策。不过他认为，中国人会很快找到艾滋病治疗方法的。中国人的创造精神是很顽强的，他相信这样的时间不会太久的。柯达决定从自身做起，他要为被感染的阳性人群做些实实在在的事情。

八

“艾滋病是一种由艾滋病病毒引发和维持的疾病。这种病毒是人类历史上被研究和了解得最彻底的一种传染性病毒。大家早已知道，这种病毒如何复制、如何传播、如何摧毁人体的防御机制，从而引起免疫系统的灾难性损坏——这就是艾滋病。

“我今天向大家讲的主要内容是‘艾滋病病毒是如何进入人的身体的’。”

在讲台上讲课的人是S省西海大学医学院第一附属医院感染科主任、西海大学医学院博士生导师季明教授。柯达是经自己的导师陈远教授的介绍，专程赶到S省来向季教授求教求助的。因为季教授是中国艾滋病防治专家指导小组成员之一。季教授在艾滋病教育、预防、关怀等方面曾经为中国做出过突出的贡献。他是2003年度被评为中央电视台“十位感动中国”人物之一，是2000年国际基金会颁发的“预防艾滋病马丁奖”的获得者。“预防艾滋病马丁奖”系奖励在艾滋病预防领域做出杰出贡献人士的国际最高奖项。听陈远教授讲，季教授是我国最早的一位从事艾滋病疫情调查防治的艾滋病临床医生。

让柯达记忆犹新的一个画面是，曾经有一年，大概是季教授在中央电视台接受颁奖时，他不像其他人那样，冷静地一步步走上领奖台，而是从台上的一个边上一跃而上。这个轻捷灵敏的动作给柯达留下的印象太深刻了。当时，他记得这位老年人年届60多岁，可这个飞跃的动作让他感到季教授是一个那么结实、健康、有活力的人。柯达还记得季教授当场就向中央台记者表示要把基金会奖励给他的5000美元全部用于艾滋病防治工作上。这让当时一起看电视的柯达夫妇都非常感动。那一幕今天的柯达回忆起来仍然历历在目……

记者："您又得奖了，得奖会使你的名声更大吗？这件事对您重要吗？"

季教授："如果这个奖是要我申请才可以得到的话，我是绝对不会申请的。但是他给我这个外国人这个奖了，体现人家外国人关心中国的艾滋病的防治事业，那这种情况，我也只好接受了。"

记者："我听说这个奖有奖金，但是我又听说你还没有领到这个奖的时候就已经决定要把这个奖金全捐出去了。"

季教授："我不缺钱用，他要给我钱，我都用在这个上面了。人要那么多的钱做什么呢，我记得好像是巴尔扎克写的《人间喜剧》，他说了一句话，'没有一个作家能够写尽金钱的罪恶'。我相信，他这个话是对的。现在有些人就是把钱看得太重，才出现这些腐败，什么事情都出来了。就拿艾滋病来说，那些收购人血的人，还不是就想在这些人身上榨取钱财吗？"

在医学界，柯达对季教授是早有耳闻的。自从成了传说中的公众人物之后，季教授更变成了一个为人处世非常低调的人了。冯婉妮说，省报曾经派一个女记者去S省采访季教授，季教授却以种种理由拒绝了采访。活生生地让这位女记者无功而返。当时，冯婉妮讲话时的神情有点激动不已。因为在冯婉妮十几年的记者生涯中，她还没有碰到过不接受采访者或被拒绝采访的事情呢。她当时就对柯达讲，“这个人肯定不同于一般的人。他能在第一时间内把发现的我国艾滋病高发区疫情情报及时地上报给党中央国务院，这说明什么？说明这个人有忧国忧民意识，说明这个人有一种强烈的社会责任感，还说明这个人是个非常不错的人，他绝不会是一个普通的人。”冯婉妮非常肯定她的判断。

柯达仍在回忆几年前央视记者采访季教授的那段视频。

记者：“你能谈谈你带5个艾滋病人来到你这个城市的事吗，你邀请他们来的？”

季教授：“有一个病人，他给我写过一封信。他说，他现在有病了，他非常伤心。他说他对不起他的家庭，想出去到外地去打工，如果赚了一点钱，给家里留个两千多块钱，那他就死也瞑目了。我看了这封信就觉得他的要求真是如此之低啊。我们一个月的工资全加起来还不止这个数字，而他能够有两千块钱给家里留下就满足了，真是让我心里面很难受。当时我就想，我应该帮他这个忙。在这个时候，我就问，他们有没有人愿意到我工作的这个医院来做些身体的检查，他们有些人愿意来检查。我就说，如果有新闻界来找你们谈谈你们自己的经历，你们愿意说吗？他们表示愿意。我说如果你们有这一条，我相信我一定能够给你们募捐到钱，多少我不知道，但是总是能够给你们捐上一点钱的。那些人，他们非常困难。”因为他和冯婉妮都很关心季教授这件事，柯达记得婉妮拿回家让他看的一份报纸里面，就有季教授将5名艾滋病病毒感染者带到自己的家里的报道。

记者：“那个时候，你把他们都接到家里去住，考虑没考虑什么呢？”

季教授：“第一，我没有想接他们到我家里。当时，医院住院部床位爆满，我在医院附近都给他们安排了住处的。但是周围的邻居不答应，要把他们赶走。那赶到哪里去？没有地方啊，门口围的都是人啊，他们住的那个房子外头围的都是人。那我说我来处理这件事，我就讲，这个病不传染的，他们住在这儿决不会传染给你们的，他们都不信。他们说，蚊子都会传染，我说蚊子也不传染，他们也听不进去，说没有考虑的余地，你现在就把他们弄走，跟我这样提出来的，那我只好说，等我几分钟，我回去跟家里商量。因为有5个人，得安排他们怎么住，都要安排好。一个多钟头后，我就把他们带到我家去了。”

记者：“你的想法如此，你的家人呢？他们同意吗？”

季教授：“我当时跟我夫人讲，我说要带几个病人来家里住，她不赞成，你把病人弄到家里来做什么？因为就是平常的情况下，一般来讲，也不愿意病人，特别是传染病人到家里去。她说那你何必要把他们弄来？我说不是我要把他们请来，但是现在我的病人我的朋友已经来了，别的地方不允许，没有地方，那我不安排，我怎么对得起这些人呢。最后她理解了。她不一定很高兴，但是她理解了。我觉得这就很不错了。”

柯达曾经看到过季明教授的许多报道：季教授后来不仅把这几个艾滋病病毒感染者一一做了体检，与他们在自己的家里一起生活，同吃同住了十几天，还为他们所居住的艾滋病村筹集捐款 10 万多元。此事在当地乃至全国都很轰动。季明教授的名字通过媒体也被更多的艾滋病病毒感染者所熟悉和认识，许多感染者纷纷从全国的四面八方涌向西海大学医学院第一附属医院感染科向季教授求救求助。季教授就给他们精心治疗，还给他们诸多的心理支持和帮助。

面对季教授，柯达觉得他就像一个父亲很有亲和力，他说的每一句话都很贴近你的心里所想，他的每一句话，一个肢体语言动作，都能使你很快地走近他，靠近他。你完全不用戒备他什么，有什么想说的都可以跟他倾诉。倾诉之间，你会感到放松和轻松，总之，这是一位很让人尊重、很让人信任的老人。

季教授：“小柯同学，我听了你刚才的一些介绍，你在网上给我博客发过来的一些你早期的抗原检测和核酸检测还有病毒检测材料，我都认真地看过了，你很幸运。HIV 感染后，首先出现 CD4T 淋巴细胞有轻度至中度的降低，我看你所做的，有的是重复做的，像 P24 抗原检测和病毒核酸检测，你的情况现在比较平稳，细胞总数也可以持续数年不会发生改变。”

柯达：“你的意思是说，艾滋病病毒已经在我的身体里潜伏下来了？”

季教授："在 HIV 感染过程中，CD4T 细胞下降是有阶段性的，在血清抗体阳转后 12－18 个月的时候，CD4T 细胞数量会突然下降，从正常的平均 1000 / uI 下降到 600 / uI。第二阶段，CD4T 细胞水平相对比较稳定，可潜伏维持数年不会发生改变。第三阶段是 CD4T 细胞数量明显下降，直到艾滋病发病。小柯同学，你今后要多加注意的是，当 CD4T 细胞突然下降到 200 / uI 或者更低的时候，就有可能会出现机会性感染。"

柯达："谢谢教授的指点。"

季教授："小柯，今后你有些什么打算吗?"

柯达："想在阳性人群中做点实际的事情。"

季教授："那真是太好了。我听你的导师说，你有个外号叫'柯一刀'。是这样的，你也是医生，你知道的外科医生都不情愿给艾滋病病人开刀，你呢?"

柯达："我是被他们感染的啊，这就是一种缘分吧。但是——"

他的言外之意是，给艾滋病人开刀不开刀现在已经不是我自己能够说了算的事情了。

季教授："我每个月都要到一些监测点去 2 至 3 次，你愿意跟我下乡吗?"

柯达笑着说："我很愿意，不过，我，我还可以吗?"

季教授："我看你现在对自己有点信不过了，你还是柯医生，你还是'柯一刀'，你有这门技术，我都替艾滋病人感到幸运，谢谢你了。我告诉你吧，阳性人群里面什么精英人物都有，我们这里唯独没有外科大夫，没有你'柯一刀’嘛。”

柯达看到季教授嘴角终于有了笑意，他心里感受到了一种温暖的抚慰。

季教授：“来得早不如来得巧嘛。F 省有一个爱海基金会，负责人找到我，由他们出钱，我来为他们操办，为他们当地福利院的 4 个感染艾滋病病毒的孤儿做心脏搭桥手术，这 4 个孩子现在我们医院已经住下了，后天就做手术，你有兴趣吗?”

柯达为季教授如此信赖自己感怀不已。他差点就流出了眼泪。这是两年来，除了张杰和导师陈远院长外，这是第三位学者对他如此关怀和尊重，这给了他力量，给他支持。他顿时就感到了周身的阴霾似乎被这位慈祥的老人一下子就给掀开了，吹散了。柯达做了一个全身的深呼吸，他站起身，深深地给季教授鞠了一躬。季教授立刻摆手示意柯达：千万不要，这可使不得!

和季明教授攀谈时，柯达发现季教授对艾滋病蔓延态势有一些很独到的科学分析。他主要提到的是潜在的一些危险因素，比如，年轻的大学生们，特别是刚入学的大一大二的大学生，他们对艾滋病知识的普遍缺乏还是有的。季明教授手中现在已经有 61 名来自全国各地的大学生艾滋病病毒携带者，作为他们的治疗医生，季教授感到他的责任很重大，并隐隐担心还会有更多的无知的学生将受到感染，他曾在 2000 年以前做过一项调查，有一项调查数据表明，那时候我国有 20% 的人还从没有听说过艾滋病。现在十几年都过去了，仍有很大一部分年轻人包括大学生在内的人没有艾滋病的预防意识。另一个潜在的危险因素是，现在各大城市所出现的大量的流动人口，这些流动人口绝大多数都是身体健壮的中年人群。他们文化水平不高，又处于单身，正是性欲活跃时期，他们的性需求很大程度上是要通过商业行为来满足的，这样，艾滋病病毒就可以通过这些渠道而传播扩散。这方面是很难控制的。

柯达了解到，季教授此前正在做高速公路施工人员艾滋病防治项目，这是世界银行贷款建设项目中与之配套的在中国第一个启动的项目，主要做的工作是，在施工人员中及一些公路沿线周边地区的施工人员中开展艾滋病、性病防治知识宣讲等一系列宣传教育工作，并动员施工人员及管理人员自愿接受艾滋病病毒免费检测。由季教授等一些专家参与组织进行的这个项目，S 省一个地区、21 个乡镇，公路沿线施工人员大约有 50 万人接受了筛查。

季教授告诉柯达，实际上，有些事情光靠个人行为是做不下去的，需要各级党政领导的重视，各个部门及施工单位联合行动起来。但是，季教授最担忧的还是需要一种支持，各级领导干部支持你，你才能做下去，不支持你，你就寸步难行。

九

“艾滋病病毒是如何进入人体的呢？它有 3 条途径：第一条途径是性接触。男性同性恋者，通过肛门性交使生殖器或肠道出现损伤，艾滋病病毒会乘机侵入。异性性接触同样也可以传播艾滋病，但受感染者一般都是有多个性伴侣，常患有淋病、梅毒或其他性病。这些疾病会造成生殖器出现炎症，改变其正常结构，为艾滋病病毒入侵创造了有利条件。”

在柯达的印象里，季教授讲课的声音很具魅力很有磁性。他的这种声音既不高昂也不低沉，却字字句句让人听得清清晰晰。他讲话不露齿，甚至你都看不到他的嘴在张开，他的清晰的话语就是从他那不露齿似乎又没有张开的嘴唇中部发出，广阔而有底气。在季教授的脸部，柯达似乎看不到那上面有微笑，但却令人感到亲切，那大概就是大家说的亲和力。他不露声色的讲话神情令柯达很是难忘。

季教授有意识地为柯达设计并提供机会，让他与医学院的大学生们有一些问答式的实际接触。他认为，中国大城市男性性行为人群目前感染率一直在飙升。因此，在学生中间开办一些形式多样的防艾知识讲座，就显得十分重要。季教授没有看错，他曾经有意识地通过观察和交流与柯达同吃同住同工作一段时间，觉得柯达这个人也是一个不可多得的博学人才，让柯达担任防艾知识讲座的主讲，他也是能够胜任的。他能够从艾滋病病理知识、传播途径、流行趋势以及艾滋病的危害、防治策略与措施等方面，深入浅出地渗透给听者，这是季教授所期待的。

有一次问答讲座，柯达留给大家的印象很不错。

有同学提出，“高危行为，到底指的是哪些行为呢?”

柯达：“高危行为，就是一种无保护的性行为，有不是一个而是多个性伙伴行为，包括深度接吻行为，共用注射器等行为。”

有同学提出，“舌吻能检测出艾滋病病毒吗?”

柯达：“舌吻，能检测出病毒抗原，但是检不出病毒抗体。”

有同学提出，“艾滋病传播的桥梁人群是指哪些人?”

柯达：“举个例子说明一下，一个艾滋病病毒携带者的‘小姐’，这一天有5个男人嫖过她，那么，她就有可能把艾滋病病毒传染给这5个男人中的任何一个。这5个男人如果他们都有家庭，家有老婆、孩子、老人等，或者他再出去风流，或者他有多个性伴侣，或者这5个男人中有人给家中病人输过血，那大家就会看到，不知道有多少人将被这些人传染。这是递增的性传播途径。

我想告诉大家的是，1975年以前，医学传统上只有梅毒、淋病、软下疳、性病性淋巴肉芽肿和腹股沟肉芽肿等5种与性交传播有关的疾病都叫做性传播疾病。其病原体由小到大依次分为若干种类：病毒、立克次体、螺旋体、球菌、杆菌、真菌、原虫、寄生虫等。1991 年，国家卫生部颁布了《性病防治管理办法》，将艾滋病、梅毒、淋病、软下疳、性病性淋巴肉芽肿、非淋菌性尿道炎、尖锐湿疣、生殖器疱疹等 8 种疾病作为我国的法定的性病。

大家也都知道，一度在旧中国泛滥成灾的梅毒在解放初期被治理得几乎绝迹，但现在，用季明教授的话来形容，梅毒、淋病等性病又卷土重来了。不幸的是，吸毒人群中艾滋病病毒感染率越来越高。吸毒本身不会直接感染艾滋病病毒，但通过静脉和肌肉注射，共用针头而感染，并可能将感染的艾滋病病毒再次传播给配偶及子女。有些女性吸毒者因无钱买毒品而卖淫，从而获得毒资，这就更加速了艾滋病病毒的传播。”

有学生提出：“吸毒人群感染艾滋病的情况，现在到底是个什么样的程度呢？”

柯达：“情况依然很严重。我曾经跟 G 省一个戒毒年限最长的一位吸毒者交流过，我为他做过脑瘤切除手术，我是他的主刀医生，他现在戒毒已经 8 年了，并成了家有了孩子，他一直没有复吸。但是他跟我说过，‘虽然我已经戒掉了，但是你都想象不到，8 年来，每天清晨我睁开眼睛，第一件事想到的就是毒品。我每天脑袋只要有空闲的时候，想的还是毒品。我就是想啊，想那种飘然若仙的舒服感觉，那种快感。什么倾家荡产，什么家破人亡，啊，对我来说都太遥远了。我就是对毒品有渴望。虽然我现在过的是正常人的生活，有家庭，有亲朋好友，可我 8 年了还是总想那个东西。这不是我的错，这也不是我意志坚强就能够战胜得了的，这就是柯医生你说的心瘾。’这种心瘾在我看来，就是一个药物依赖者。如果他对这种药物产生了耐受性，那么，他就会产生以下症状，一个是戒断症状，另一个就是强烈复吸。他为什么会复吸呢，因为复吸能使他避免出现非常痛苦的戒断症状的感觉，那感觉其实就是不死也活不成的感觉，确切地说，是要死要活却死不了也活不起的感觉。所以，他必须定时地去吸，他所有的兴趣都集中在了毒品上，除了毒品，他什么都不认。

毒品，一般是指：阿片、海洛因、冰毒、吗啡、大麻、可卡因等国家规定管制的一些能使人神经麻醉、精神麻醉的药品。

吸毒，在医学界叫药物滥用。

一般来说，医学界又把毒品分为身体依赖和精神依赖两类。很多吸毒者吸了1次、2次、10次、20次等，都完全可以戒掉毒品的成瘾程度，但这戒掉的是身体的依赖性，而精神依赖性的确是非常难戒掉的。

现在回过来我们又说到了性病。

艾滋病与性病有着密切的关系。凡是性病发病率高的人群，艾滋病发病率也高。因为诸多的性病所引起的男女泌尿生殖部位的斑疹、疱疹、糜烂、溃疡等等损害，从一定程度上破坏了人体的正常组织结构，因而使得艾滋病病毒的感染率更高，危害性更大……”

柯达的讲座讲得很精彩，赢得了大家的掌声和赞许。季教授还是比较欣赏柯达的，他认为这个中年人如果主动参与到艾滋病预防工作中，会显出很多的优势来。

十

李萍儿就坐在柯达医生的对面，叙述着她吸毒成瘾的经历。在柯达看来，李萍儿就是那种一个电话就能招来的脸皮很厚的“小姐”，她怎么会跳楼呢。她有她的自由，可以选择生意，可以支配生意，谁给钱就跟谁去，不给钱就可以不去。她怎么会跳楼呢？

季教授也是做了一辈子的感染科医生，但他从事艾滋病临床医生以后，曾经给艾滋病病毒感染者和艾滋病人诸多的心理支持和心理安慰。有一天，季教授接到警方的一个电话，说是有一个感染艾滋病病毒且吸毒的女人跳楼，而且自杀未遂。被救下来之后，这个女人点名要见季教授，说是有话要跟季教授说。季教授说，“可以见见的。”对方说，“那我们把她送到你办公室吧。”

季教授见到这个叫李萍儿的女人时，柯达正好也在季教授的办公室。李萍儿很激动地说，“季大夫，我总在报纸上见到你，今天我总算见到真人了，你是一个我们心中的大好人呀。”

季教授：“你遇到什么困难，居然能让你去跳楼自杀，这个困难能跟我说说吗？”

李萍儿："我就是想去死，活着太难受了。不过，教授，我听说你对艾滋病人很好的，你能不能帮帮我，救救我？其实，谁想死啊？我就是熬不下去了，死了倒很痛快。"

季教授："你是不是过于担忧你的病了？"

李萍儿；"我就是想问问大夫，我还能治吗？"

季教授："你用药了吗？"

李萍儿："别提了，用药之后，不断地腹泻和呕吐，我现在腹泻到了基本上不能吃一点东西，你看到了我已经都到了脱水的地步了。你说我活遭这个罪，死了不就什么都不知道了吗？"

季教授："你死了难道就不遭罪了吗？"

李萍儿愣了一下说："死就死了，一了百了，还有什么罪遭吗？"

季教授："万一你跳楼没死成地话，你想过吗，要遭多少罪？"

李萍儿沉默不语了。

季教授："我很想帮助你，能跟我们说说你的经历吗？"

李萍儿不算漂亮。人很瘦弱，有点弱不禁风。她不像有文化素养的女人那么彬彬有礼，和和气气，低声细语，她很粗鲁，很俗气，朝地上吐口唾沫，马上用脚底踩上去。一举一动都显得很粗俗，不像个女人。她身上稍微有点可爱的地方就是非常直率。

李萍儿 14 岁就开始吸毒。

那是 1993 年。她最初就是因为不想上学，跟爸爸妈妈耍点小性子，赌气就跑进了歌舞厅。她的家在距 W 市 200

多公里的一个比较偏僻的小镇子上。别看这个边陲小镇不算发达，但歌舞厅到处都是，走几步就是一个小歌厅，里面声嘶力竭地唱着流行歌曲。李萍儿就是被这些她认为好听的歌声吸引着好奇地拉开了门帘。

她记得第一次吸那玩意儿是有一个人笑嘻嘻地把一根烟卷递到她的嘴唇里，之后就殷勤地拿出打火机给她点上了火。这是第一次。她刚抽上一口，就被呛得一个劲儿地喘不上来气地咳嗽不止。那个样子逗得周围的人一顿哈哈大笑。在这一伙陌生人的鼓动下，这个又单纯又顽皮的小姑娘到底还是把这根烟抽完了。令李萍儿至今忘不了的是，当时从她嘴里吐出的一朵朵小白花，她看着轻轻飘飘，飘飘悠悠地飘向上方，她开心极了，好玩极了。她当时想到自己不但会抽烟了，还认识了一大堆比她大得多的男人和女人，并和他们成了朋友。

一连几天，萍儿都要到这个地方来，拿起别人递过来的烟卷，夹在食指和中指中间一根一根地吸着。有人问她，“小姑娘，你身上就没有什么感觉吗？”她奇怪地反问：“什么感觉？”“就是，就是嗨飘儿，飘飘儿的感觉啊。”萍儿迷迷糊糊地摇摇头。她只感觉这些日子自己的头皮有些痒痒，有时出冷汗，一阵一阵的。

柯达问萍儿：“那为什么还继续抽呢？”

萍儿说：“歌舞厅里的许多阿哥阿姐都跟我说，咱们好不容易来这个世界飘一飘，你不得把好的坏的都尝一尝，试一试吗？”萍儿觉得他们都说得挺有道理的。

萍儿在家里感到很不顺心。爸爸管她管得非常严，连从家到学校，从学校到家需要走多少分钟，他都给你计算好了，晚到家20分钟，她爸都要打她一顿。妈妈也经常被她爸爸打。萍儿念书念得不好，不知为什么上课总是走神儿，老师在那里讲什么，她是看着老师的，但老师讲的是些什么内容，她回来神时根本不知道。这样，一堂课下来，她什么也没听。作业也不会做，考试成绩一点都不好。老师经常当着同学们的面大声批评她。有时老师还气急败坏地用手指狠狠地点着萍儿的太阳穴附近，有一次这个老师点着点着，愣是点得太狠太用力气了，竟把萍儿点倒在地上。萍儿当时很气愤。她用一双杏仁眼睛恶狠狠地盯着正在吃惊地看着她倒在地上的老师，老师却不怕她瞪自己，还喊着，“李萍儿，你真是会装啊你，我又没碰你，你装成我推你，你小小的年纪，品质有问题呀……你给我起来……”老师拽着她，一直把她拖到了教室门口。这时候的李萍儿最终忍无可忍地起身抓住老师的手，张开嘴狠狠地向老师的手咬下去。老师顿时疼得高声直叫，萍儿也终于解了恨，把老师带着牙印的手放开来。这个孩子非常非常的拧，她到家又被父亲暴打了一顿，可是，她都没有为这件事掉过一滴的眼泪。

萍儿就是这样初中没念完就辍学了。半年之后，她吸毒成瘾，两年之后，即1975年，她开始静脉吸毒。

萍儿的男朋友叫杨立。杨立的“毒友”介绍说：“杨立在我们家乡一带是出了名的瘾君子，外号叫‘白粉佬’。”萍儿认识杨立之后，就变成了杨立的老婆。白粉佬是萍儿的同乡，1994年开始静脉吸毒，比萍儿静脉吸毒早1年。白粉佬有个毛病，你越是不让他做的事情，他偏偏要试试给你看。当初，他也是在“要不要来根烟抽”的毒友劝诱声中，开始抽第一支烟的。

“我们吸毒的人差不多都用海洛因，因为海洛因吸完的感觉那就是一个‘飘啊’，舒服极了。多少年后，我每想起这种飘飘欲仙的感觉，心里简直恨不得马上再吸一口才解馋。就是享受，喜欢享受那种感觉，那是真让人想得不得了的事情啊。我们吸毒的人对毒品从来不讲多少克，我们都是按份或包来分。白粉佬往往把 1 克毒品分成 50 包，50 包就是 50 份，然后小打小闹地去卖。他贩毒也是格外地小心谨慎的。后来，他跟他的顶头上司学会了在肌肉里面埋白粉，说是怕在路上被查出来，被抓了去不值当的。所以杨立外出之前，经常把肌肉割开，把 1 份的量放在皮的下面，然后再往里放些止血的东西。他说这样就没有疼痛感了，没有什么异样的感觉。有时，被切开的伤口也要发炎的，红肿红肿的，还有黄脓冒出来，杨立也挺皮实的，在外面自己买消毒水一天到晚地清洗。杨立的皮肤是属于愈合比较快也比较好的那种皮肤，他为此倒腾白粉也没遭什么大罪。”

萍儿说：“我和杨立都是从一开始口吸，后来变成了静脉吸，再往后又变成切开肌肉埋进去用身体来吸的。反正能想到的办法我们都想到了。到了 2001 年，他就开始打大动脉了。打大动脉的好处是回流特别快，比静脉回流要快多了。当然了，那种欣喜若狂的快感和极舒服的感觉来得也特别的快。杨立的毒瘾是非常严重的。他一发作那个样子连我都特别的害怕。他发作时一般都是拿到毒品，只要能赶快注射，让他去杀人他都会毫不犹豫地去做的。这样的情况持续了大概近两年，后来，他的血管变得纤维化了，很难再找到血管了，他就又变成了肌肉注射。

算起来，我和杨立都有七八次的戒毒经历了。甚至他比我戒的次数还要多一些。为什么要戒呢？不为什么。被警察抓了去就得去强制戒毒所戒毒，戒完出来还得复吸。多少次我们都是这样过来的，就是忍不住啊，就得复吸，就这样一直吸到死为止。”

萍儿说：“你问我们吸毒时共用注射器嘛，怎么说呢，要是说实话，我们是共用一个注射器，可有的时候，我俩在一起的时候，我手拿一个注射器，他手拿一个注射器。实际情况是，我们经常是这样的：他把毒品溶解在一个杯子盖里头，我们在抽吸过程中一拉（一吸），一拉就是2毫升，最后还剩1毫升，我们俩就猜拳，谁赢了就归谁。要是有谁不乐意或生气了，那就只好平分呗……这个时候，如果这支注射器是他的，或者是别人用过的，也就不管三七二十一，共用了。常有这样的事情。大家在一块儿吸会有一种氛围。要么张三、李四、王二麻子，大家在一块吸热闹，快乐。离开的时候，把注射器也都带走了。戒毒所的警察曾经告诫过我们，这样共用一个针头是最容易感染艾滋病病毒的，这个过程就会传播艾滋病。知道这个道理，也了解这个事情，可就是没有当回事。我和杨立从戒毒所出来后，经常用的是两个注射器，他一个，我一个。可有的时候，毒瘾攻上来的时候，哪有工夫还来分你的我的他的，能随手抓一个赶紧用上就谢天谢地了。杨立是会打针的，差不多能赶上一个专业的护士了。他经常会在贩毒的地方给别人注射，他也记得住，经常在什么地方帮什么人叫什么名字的打过针。他也经常帮我打针。打针的针头他是从不习惯消毒的，拿过来就打。

杨立是吸毒过量死掉的。那是在2006年，也是他最后一次从戒毒所出来。他一到家，第一件事就是找毒品。在戒毒所他一待就差不多两年。在这近两年的时间里，杨立根本不知道当时的毒品纯度是多少，也就是说，他不知道现在要是吸的话需要吸多少，才能有那种舒服的感觉。这个量他不大好掌握了。我劝他还是少吸点吧，你这样没有把握，万一吸过量了，你会死掉的。我当时心里还是挺明白的。我们这些人，一旦吸毒成瘾，多少也是有了一些比较丰富的经验了。因为距离兴奋点应该有一个阈值，只有这个毒品浓度达到了这个阈值，吸毒人才会有那种飘飘然的快乐感觉。你越吸越多，吸得时间越长，阈值就越高，需要注射的量也就越大。这个阈值量需注射多少量才是最合适的，连杨立这个吸毒差不多快20多年的人都很难把握得准的，也就是说，他已经把握不准这个量了。结果这一次，就是他戒毒回家后没出三两天，他在着急忙慌地给自己注射了海洛因时，打的量过多，他就命丧黄泉了。”

萍儿说到杨立的死，她仍然一滴眼泪都没有。

萍儿在戒毒所一直是在“生戒”。生戒，顾名思义，就是一点替代药品都不用，戒毒药也不服，就这么活生生地坚决要把毒瘾给戒掉。可是毒瘾发作的时候，当她死活不想再吸的时候，她的浑身肌肉是那样疼痛不已，不是说就能说得清楚那种活不起的滋味的。于是，她用头撞墙，撞得头破血流，看来她戒毒确实是狠下决心的。但是杨立死后，萍儿强迫自己去戒毒所戒毒，来回也是很多次了。为什么还是戒不掉呢。用她自己的话说，这可能就是心瘾的问题。萍儿在戒毒所表现还是很不错的。在戒毒所里，她把艾滋病健康教育知识背得滚瓜烂熟，还不停地给戒毒所其他吸毒者讲解，以自己的实际例子剖析毒品给人们带来的多方面的危害和损坏。她从心里面不愿意离开戒毒所。可是，戒期到了，她不得不硬着头皮离开那里。

杨立死后，萍儿的生存出了大问题。她仍在吸毒，但毒资没有了。以前是杨立在为她挣钱，杨立一死，这个渠道过不多久就堵死了。但她还得吸呀。于是，她开始边吸毒边卖淫。用她自己的话说，只要能挣到钱买毒品，谁给我钱，我都跟他走。

萍儿不像杨立活着的时候那样，吸完毒打完针就可以去睡觉，或者逛街玩玩什么的。她得坐台。这样她注射的量和次数比别的吸毒人还要更多。有时候，一天要打 5－6 针，因为她要维持精力，让自己总是处在一种兴奋状态之下才能去干活。她说自己那个时期简直就不是人了，是一台机器。

萍儿的注射方式是打大静脉，就是股静脉这些地方，她认为这就是大静脉了。如果她跟坐台小姐共用一个注射器的话，一般都是她先打，留一半。但事先俩人要讲好，如果事先没说好的话，她就都打给自己了。经常是，她给自己打了一半，另外一半就在盒子里。你问我为什么要这么做？因为我们没有那么多钱呀。我坐台一天挣的钱连 1 克都买不到。海洛因是 350 块钱 1 克，我们把 1 克分成很多的份，我们俩人就这么吸。这次我出钱，下次她出钱，这样吸起来不是很省钱嘛。

萍儿这段时期每天几乎都是这么过来的。大多是凌晨 3

-4 点从夜总会回来，陪完客人包夜或者收了钱就回家，回到家第一件事就是注射毒品，完了之后就去睡觉，一直睡到毒瘾发作，那就再打一针。然后起床继续回到夜总会干活。她的生活就是这样一天天地过去，一天天地到来。她接客没有什么特别，生意好时，一晚上能接 5 -6 个人，差的时候就是坐台。坐台在娱乐场所和夜总会叫钟点工，哄小费的钟点工，陪吃陪喝陪玩的那种。萍儿所在的这个城市在边境线附近，闲人比较混杂。在任何一个场所，她大多数是随叫随到。只要有人点她，她就去。

萍儿是在 2009 年开始发现身上有不舒服的感觉的，皮肤出现带状疱疹的感染，奇痒无比。经当地有关部门对其进行 HIV 检测，发现她的 CD4 数量第一次就掉到了 200 以下，这是艾滋病逼近的明确信号。为了避免她出现一些机会性感染，医生让她接受了抗转录病毒药物治疗。也许是药力大些，萍儿的消化系统出现了很强烈的反应，腹泻和呕吐接连不断，进行药物治疗后还引起她神经震颤和麻木起来。身体发麻和刺痛，迫使她无法忍受，所以她要一死了之。

在李萍儿叙述经历的近 1 个小时的时间里，柯达发现季教授一句话都没有说，也没有问。

李萍儿走后，柯达问季教授：“像她这种已经有抑郁倾向的人，我们应该怎么办?”

季明教授说：“第一，可给她提供转诊治疗机构的电话号码；第二，她现在需要住在一整晚有人观察的安全地方。这种危机干预对于患者应该是有效的。”说完，季明教授就给负责李萍儿的片警打去了电话。

十一

季明教授办公室的墙上挂着一块“济世救人”的牌匾，这是当年一个艾滋病村村委会送给他的。

柯达问起这块牌匾的来历时，季明教授说：“这个东西这么大，他们坐火车拿过来也不嫌沉，让我很感动。”

在季明教授办公室的走廊里，写着这样一纸条幅：生命只有一次，怎么能断送在香烟上。

柯达看着这一条幅，心里在想，教授真聪明。柯达也不吸烟。他认为烟这个东西也不亚于艾滋病病毒。他曾在一堂公开课中讲道：中、小学生最辛苦，他们每天要做难以计数的家庭作业，但是没有人认真地估量这些家庭作业的价值；在全国，吸烟的烟民有几亿，他们整天要花费大量钱财喷云吐雾，但却没有人认真地想过吸烟到底对人体危害在哪里。记得有这么一句话，“人体是一个最无为和最自足的系统，我们如果偏离了它，是必然要生病的。”是的，人体内部和脏腑之间以及人与自然界之间是处在一种动态平衡状态的，这种平衡被打破了就会产生疾病。凡破坏这种平衡的各种因素就是病因。所以，艾滋病病毒也好，长年吸烟也罢，吃一些带菌食品、垃圾食品也好，只要我们对危害自己身体的因素无知和把自己的身体完全开放给无序混乱的市场，病原体就会通过各种传播途径毫不客气地侵袭到你的身体里去，你的生命可能就不堪一击。柯达曾做过一些研究试验发现，艾滋病病毒是一个非常难传播的传染病病毒，它离开人体之后，在外界生存能力很差。在阳光下，空气中很快就会灭亡。HIV 对消毒药品也比较敏感，比如0.5%的过氧乙酸液、84 消毒液、漂白粉、消毒灵、酒精等，会很快将 HIV 杀死。

有一次，在针对一些问题时，柯达给学生们讲述了一些学生们根本不了解的一些陌生信息。他的目的很明显，他是希望通过自己平日收集到的一些已经发生的事情，警示这些年轻的生命真爱自己，珍爱生命。

“我曾经在研究试验中还发现，做性事的时候，不用安全套，HIV 男传男的比率是 1%；男传女是 0.05% -0.15%；女传男为0.03% -0.09%；也就是说，HIV 传染的概率非常低。当然，不怕万一就怕意外，也可能对某一个人来说，一次性传播感染率就是100%。

“有一个实际的例子，这是媒介公开登载的一则消息。

“说有一群大学生，10 多个人利用假期去泰国旅游。离开泰国之前，有个男生就鼓动大家说，来一趟泰国也不容易，咱们今晚都去潇洒潇洒吧。10 多个大学生都一哄而起，表示同意，只有 1 个小伙子不肯去，他也反对大家去，直说，你们就不怕感染艾滋病！这个小伙子来自东北的哈尔滨，父母都是知识分子，孩子从小受到传统知识教育比较多，他当时的态度比较坚决，就是不肯同流合污。后来，有人煽动大家，死活也得让他跟着去，大家一起出来玩，你凭什么搞特殊？然后是冷嘲热讽，你一言我一语地围攻他，结果，这个小伙子承受不了这种围攻嘲讽，被大家死拉硬拽，簇拥着去了一家妓院。巧就巧在这里了，那10多个男孩子痛痛快快地玩了一夜之后，其他人什么事情都没有发生，唯有这个当初不肯去却被死拉硬拽去的男孩子仅这一次接触就感染了艾滋病病毒。这个男孩子后来不得不退学回家了。

“我还想告诉大家的另一个方面的情况是，HIV感染率，就是指血液传播率几乎是100%。如果输血的话，每个人都要警惕艾滋病病毒对自己可能会造成的伤害。如果有人想知道，自己到底是通过什么途径被感染了艾滋病病毒的，你可以用排除的办法：如果你自己采取了防护措施，你又没有不安全的性行为，又没有和人家共用针头吸食毒品的行为，又没有涉及母婴传播，那就要注意一个威胁—— 一旦你不幸遇到车祸或者负伤或者其他原因被送到医院做过手术，需要输血才能抢救你的生命的话，你会不会输入了带有艾滋病病毒的血液而被感染……

“20世纪80年代末期，我曾经在报刊上读到过一些来自H省卖血的消息。那个时期，一些制药部门开始到H省最偏远的贫困山区收购比较便宜的血浆用来制药。农民为了致富，一家人一家人被血头和血霸控制着出来卖血。当时，H省的血站就有280多家，他们的具体做法是，从人体的血液中提取血浆，然后把剩下的红细胞分开，再输入卖血人的体内。也许传播感染的灾难就是从这些回输的血液中开始的。事后有专家调查发现，H省的各个血站在输血和再输入过程中有多个环节存在着致命的漏洞。比如，工作人员抽完血后，剪断输血管的消毒剪子和夹血袋口的消毒钳子，这两个器材都会与抽上来的全部血液有接触。再比如，离心机，当时工作人员普遍采用的离心机里面被分成 12 个小锅，每个小锅里放 2 袋血液，一不小心，血袋很容易被甩破，如果血站的分离员不严格按照规定的程序操作的话，没有将破损的血袋扔掉，这样，沾有别人血液的红细胞就会被回输到卖血人的体内。这样看来，只要有一个卖血者体内带有艾滋病病毒，就会迅速蔓延开来，悲剧会一个接着一个地出现。那个时期，H 省那些偏远的山村，一家人一家人地卖血，一家人一家人地被感染艾滋病，一家人一家人地死亡，逐渐形成了艾滋病村。也就是说，在一个村子里，到处都是艾滋病人，艾滋病人死亡之后，都被埋在自家的田地里，有的家里坟头连着坟头，形成了堆状。这些坟头布满村口路边稻田，人们路过此地，数坟头不是一个一个地数有多少，而是一堆一堆地数，数也数不过来，情景非常凄惨悲凉。直到 1997 年，已经泛滥成灾的 H 省各血站均被有关部门大规模地坚决取缔后，艾滋病血液传播才被遏止。但是，被感染的悲剧在过去了 7、8 年之后，又在世间上演了。

“1998 年，G 省的阿华与母亲一起去东南亚一带旅游。有一天，他们在国外游玩的时候，阿华与一位来自 H 省的游客因一点小事发生了口角，后来发展到大打出手，俩人都被打得头破血流。后来，他们又都随旅游团去美国游玩数日。在回国途中，阿华在机场被检测出携有艾滋病病毒。他当时就懵住了，他仔细地回忆这些天来的行为，他既没有吸过毒，又没有乱来的不道德行为，他怎么会感染上艾滋病病毒呢？他百思不得其解。同年，有一天阿华忽然得知，那个曾经在国外旅游时跟他打架打得他们浑身都是伤、头破血流的H省游客因艾滋病发病而死亡。这下子他就明白了，自己是因为跟艾滋病人打架被伤害而感染了艾滋病病毒。阿华后悔莫及，但一切后悔都无济于事。从1999年开始，阿华几乎每年都因为并发症而住进医院进行治疗。他现在是G省存活年限最长的一个艾滋病人。

“Y省的刘海霞，今年刚刚19岁，她亭亭玉立，身上充满了勃勃朝气。在Y省K市大学就读计算机专业。大一的时候，同宿舍一共有6名同学，每个人都因为爱美而扎了耳眼儿，为的是戴上五颜六色各式各样的耳环，想怎么美就怎么美。让刘海霞做梦都想不到的是，仅仅就是扎了两个耳朵眼儿，8个月之后，她突然因感冒高烧不退住进了医院，经医院检查，她为HIV抗体阳性。这么一个天真烂漫、俊美纯洁的大学生是经不住这种打击的。刘海霞住院以后，天天以泪洗面。有一天晚上，她匆匆给父母留下遗书，独自登上医院住院部大楼顶层一跃而下，跳楼自杀了！她的遗言后来被登在了大学校园网上，上面写道：亲爱的爸爸妈妈，永别了！我真的是受不了医院里的那些医生、护士对我的异样的目光，受不了那些刺耳的呵斥我的声音；医生说我不可能扎耳朵眼儿而感染艾滋病病毒，我辩解说，我们宿舍就有两个因扎耳朵眼儿而被感染艾滋病……可他们就是不信，天天呵斥我，赶我出院；爸爸妈妈，我现在还在发着高烧，他们这样做太残忍了，我要以死来控诉他们的不仁道……

“1997年5月，S省Z县1名13岁的男孩儿，在他1岁半的时候患上了肠梗阻到县医院做手术。几年后孩子开始发病，先是肺炎，然后又患肺结核，乙肝，并三天两头感冒发烧。2005 年做检测时，发现孩子被感染了艾滋病病毒。孩子家长为此愤然把当年孩子做手术的医院告上法庭。经 Z 县中级人民法院调解，最终医院同意给这个叫佳佳的男孩赔偿 13 万元人民币，并每年支付 5000 元的营养费。医院每年还为佳佳预支 1 万元医药费。如果该笔费用不够的话，该医院将按实际花费实报实销。

"'治疗时能不输血的就尽量不输，输血没有百分之百的安全。'这是我曾在网上看到的有专家公开发表出这样的观点。2004 年 9 月，我在有关媒体上看到一则题为'T 省 19 名因输血感染艾滋病病毒受害者获赔'的消息。现展示有关内容如下：2004 年 9 月，T 省镇安建设农场经有关部门排查复核，共查出 19 例因在镇安建设农场职工医院输血而被感染艾滋病病毒患者。这是我国因输血感染艾滋病病毒的第一大案。19 例艾滋病感染者已经有 18 例发病，其中有 2 例已经死亡。案发后，医院有关责任人被追究刑事责任，并做了民事赔偿。后在法院的调解下，这些受害者及其家属与医院达成和解。医院付给每名受害者 20 万人民币的赔偿金，并承担以后生活中每人每月 3000 元的费用，这些费用包括生活费、误工费、营养费、护理费。这笔费用，医院将给付受害者终身。

"无独有偶，2010 年 1 月 21 日，我在一份晚报上获悉，有 80 多位因输血而被感染艾滋病病毒的患者联名状告 L 省 E 市第二医院，要求精神损害赔偿。

“据了解，这个医院从上世纪90年代开始，临床用血一部分由E市血站供应，另一部分由该院自行向卖血者采集。其中E市郊区的金牛镇有多个农民向该医院供血，这其中的卖血农民中有5人曾经前往H省卖过血，染上艾滋病病毒后，回到家乡仍然在继续向E市第二医院卖血为生。该院医生在不知情的情况下，将这些携带艾滋病病毒的血液输入了前往该院接受手术的患者体内，其中1996年到1997年在他们医院做手术时接受输血的患者中，有80多人感染了艾滋病病毒，还有人在不知情的情况下，把病毒传染给了妻子和孩子，总人数近百人。这些带有艾滋病病毒的人群大多分布在金牛镇及周边地区。E市第二医院为此事件付出了相当大的代价，该院目前已借款800多万元全部用于此次血祸事件一次性赔偿上面。

“我还了解到，E市还是全国首批艾滋病综合防治示范区。2004年4月，该城市还被有关部门列为全球基金艾滋病防治项目市。

“据当地疾控中心部门有关工作人员透露，‘1999年以前，该医院的临床用血基本上是当地专业卖血队伍提供的。当时的检测设备很差，根本没有能力对血浆中的乙肝、艾滋病病毒等病毒进行检测。1999年以前，我们还没有统一的血站，我们这里的各个医院的所有临床用血都是从卖血者身上采集的。’

“我后来还进一步地了解到，2010年6月17日，国务院防艾办的一位负责人在媒体访谈时说：‘目前，我国的采血方式主要是义务献血。在献血车上献血时，为了节省时间，工作人员所要进行的是快速检测，这种快速检测只能检测3项内容，即血型、乙肝、血红蛋白。

“当采集的血液被送回血库后，至少还要经过两次检测，即初检、复检。这两次检测操作程序非常严格，包括HIV、乙肝、丙肝、梅毒等7项内容。其中，只要发现当中有一项不过关、不合格，这些血液都不可以使用，其提供者也不能再次献血。现在，国家对用血安全非常重视，先后出台了很多规范、措施和办法，对血液的采集、检测、储存等每个程序都严格控制，血液中心在确认血液安全的情况下，才能提供给临床受血者使用。医院拿到的血样是密封的，而且之前已经经过严格的检验，所以医院有理由相信，从血库拿到的血液是检验合格的，同时为了防止二次污染，医院在使用前不可能再进行检验。

“但在众多的病毒中，艾滋病是个特殊的例外。HIV病毒感染人体，到身体内部生出HIV病毒抗体必定要经历一个过程，这段过程所需的时间称为窗口期。在窗口期，HIV病毒感染者的血液是检测不出HIV病毒抗体的，检验的结果呈阴性，而窗口期一般为2－6个周，换句话说，在窗口期，如果艾滋病病毒携带者去献血，根本无法检测出来。这是个世界性的问题，目前还没有办法来解决。

“另据2010年6月17日《劳动报》一则题为，血站难屏蔽艾滋病感染者，防艾办称‘能不输血就不输’的消息说，目前，中国超过99%的临床用血都是来自无偿献血。但血站普遍使用的检测艾滋病抗体的方法尚无能力检测出窗口期的病毒。现在有个别人为了检查自己是不是得了艾滋病，就不停地献血。就有可能将不洁血液混入血站。

“其实，即使使用最先进的检测手段，也不能完全排除个别在窗口期的艾滋病病毒感染者。为了更好地保障临床用血的安全和受血者的健康，目前，卫生部开始酝酿在全国各血站实行更先进的检测技术，该技术对窗口期病毒检出率和准确率都要比现在检测手段要高出很多。

“因此，国务院防艾办政策协调部有关官员一再对公众强调：能不输血的时候就不输，输血没有百分之百的安全。我们一再提醒大家，输血是有风险的，患者在用血前都会被医生告之输血有风险性。只有在患者签字的情况下，医生才会给患者输血。

“我这里还收集了中国疾病预防控制中心性病艾滋病预防培训中心有关官员向媒体介绍的一些信息，‘截止 2009 年底，我国存活的艾滋病感染者和病人达 74 万人。最早，我国艾滋病传染是通过卖血，即非法采供血传染，后来主要的传播方式变成了吸毒共用不洁净的静脉注射针具。现在，新发现的艾滋病人近 8 成是性传播。’据调查，2009 年，我国新发现艾滋病感染者约 4. 8 万人，其中 42. 2% 是通过异性性行为传播，32. 5% 是通过同性性行为传播。国务院防艾办曾经对全国 61 个城市的 18101 名高危人员进行调查的结果显示，男性性行为中，感染艾滋病高达 4. 9%，对重庆、昆明、成都、贵阳 4 个城市高危人群调查结果表明，同性恋中艾滋病的感染率高达 10%。

“相比之下，我认为，南方的 Z 省在预报方面是非常及时的，他们很早就开始几乎一年一通报消息，而且是公开见诸报端的。进入2010年，Z省疾控中心正在承担一项国家级重大项目，计划通过体检，对Z省多所高校在校大学生的艾滋病感染情况进行摸排，从而得出一个比较准确的群体数据，并据此开展防控对策研究。

此前，我还从媒体上看到了一些报道。Z省会H市2010年在一个区开展了相关情况的抽查。H市西湖区疾控中心在所辖的3所高校抽查了2000名大学生，结果发现有8名学生感染了艾滋病病毒，阳性率在0.4%。对此，Z省疾控中心有关专家表示，该项抽查是在进行中的国家级专项的一个部分。此项调查发现，19－23岁的大学生艾滋病感染率有所上升，其中性接触是最为重要的传播途径和感染原因。柯达还看到了H市疾控中心的一个调查数据。截至2010年5月31日，H市当年新发现艾滋病感染者超过百人，比上年同期增长7.28%。感染的传播途径以性接触为主。同性恋不洁的性行为感染者在青年学生中有增加的趋势。”

不能说柯达的讲座令人忘怀，但他的讲座打动了一个姑娘的心。这位姑娘叫肖姗姗，苏州人，是西海大学医学院大三的学生。

那天傍晚，柯达和季教授在校园里散步，迎面就走来了肖姗姗，这个姑娘没有像其他同学那样和季教授打一下招呼就会擦身而过，她却站在季教授面前：“季教授好！”柯达以为她要对季教授讲些话的，就退到了一边，但这位同学同时也向他打了招呼：“柯教授好！”柯达点一下头，“你好！”小姑娘的口气也很直接：“季教授，我有点小问题要请教柯教授，可以吗？”季教授马上就说：“当然，你们谈。”说着，季教授撇下柯达，自己朝前走去。

肖姗姗："柯教授，我，我，我被你迷住了，我就单刀直入吧。柯教授，你结婚了吗?"

柯达被吓了一跳，现在的女孩子真是不得了，想什么就说什么，连个程序都没有。

柯达想说，"我结婚了，孩子都上学了"，然后马上离开去追季教授。不料，肖姗姗一下子就把柯达的一只胳膊抱住了。柯达像受了惊一般，赶紧把胳膊抽了出来。

"哎，哎，哎，你叫什么名字?"

"我叫肖姗姗，大三学生，柯教授，你有老婆吗?"

柯达严肃道："肖姗姗，我尊重你，但你也得尊重别人。我有老婆，有孩子。我不可能有外遇的。再见!"

说完再见，柯达后悔地痛恨自己。他埋怨自己道，"说什么再见呢，你真蠢，蠢透了。"

肖姗姗没有再纠缠柯达。她只是站在原地看着柯达远去的背影。她只是在原地焦虑地跺着脚。

季教授一见柯达慌忙的那副样子，就问："打发掉了?"

柯达吃惊地看着季教授。

季教授："见怪不怪嘛，现在这些女孩子是非常勇敢的，覆盖式掠夺，你招架不住的，但你也得招架是不是?"

柯达还处在惊愕中。

季教授："小柯，问你不该问的问题，也许会触动你的伤口，可以吗?"

柯达道："你问，你问。"

季教授："和爱人离婚了吗?"

柯达使劲地摇摇头，他想季教授可真厉害，什么事情都能料得到。

柯达："我提出过离婚，人家不同意。"

季教授："你们还在一起住？"

柯达："两年前，她们娘俩都去了美国，我岳父母在美国。"

季教授："都说'宁拆一座庙，不拆一桩婚'，在这个圈子里，我却不主张阴阳相配，我主张阳阳相配。阳性人应找阳性人，避免传播嘛。我有1万多艾滋病人，他们都要问这些事情，我就把自己的主张告诉他们了，他们怎么做，那就是他们的事情了。我有一个病人，她是安徽人。她是艾滋病病毒携带者。曾经在我这里治疗了一个阶段，后来她就去了深圳。再后来她在深圳找了一个健康的男友，她打电话来问我，行不行。我说了我的意见。她没有听，就和那个人结婚了。我就感到很伤心。后来，他们夫妻两人来这里办事情，顺路过来看看我，我特意和她的丈夫交流了一次，把应该注意的防护事宜都跟他讲清楚了。据说俩人现在的状况都不错。前些日子，她又来电话说，想怀个孩子，问我行不行。我告诉她，行与不行都要去当地有关部门做一下全面检查和注意事项。艾滋病病毒可以通过血源性垂直传播，母婴传播，危害到孩子的健康和生命。人啊，欲念太多，了则难了啊。"

十二

柯达静下心来了。他的静心是顺着自己的心，想去做什么就去做的静心顺意法。他想把流行病学深入地研究研究，他就一头扎在自己母校的图书馆里认真地学习和充实流行病学。艾滋病病毒，艾滋病传播方方面面与之有关的业务，他很快就熟悉了，他是在很短的日子里就熟悉了。

眼下，柯达心里想做的事情太多了。他是医生，党和国家培养了他十多年，他只能再做医生，医生就是关怀生命的。他现在是一个感染者，但他更是一个医生。他要将自己所有的本事及能耐都毫无保留地用于救助艾滋病病毒感染者上。他相信，他自己未来活下来的日子，都是他同时间赛跑跑出来的。他相信自己是一个好医生，在阳性人群里，他这个医生应该是一个多面手的医生，能拿手术刀，只要是外科手术，对他都不会成为问题。他又懂得养生、中西医结合治疗有关病症，在这方面，他曾经在G省接受过两年的专业培训。他相信自己也会成为“人为本，病为标”的好医生，一个对药性药理有一些钻研有一些热爱的好医生。他喜欢手术，他喜欢用中西医合并治疗病人，他喜欢用药对症，可以说，这都是他以前工作中非常喜欢做的一些事情。现在针对艾滋病病毒感染者，他身上这些本事总算也能派上用场了，这是他最感慰藉，最感宽心，最感放松的事情。对柯达而言，这也是未来他要进行良性发展，拓宽他的医道与得到社会尊重和支持的最重要的一个方面。他要为艾滋病病毒感染人群做些具体的事情，受到关注不是重要的，而是去做，做到能得到支持就心满意足了。柯达也告诫自己，你现在连人带心已经居住在一个特殊的阳性群体中，他们跟你一样都是感染者，你如果能在他们中间发挥出你的一点作用，会得到越来越多的感染者的正面肯定，你就没有白白地付出努力。柯达认为他这种参与非常重要，能为艾滋病病毒携带者更多地付出，国家还没有关注到的或者说关注得还不够好的地方，我柯达关注到了，去扶助，去关爱，去改变他们的生存状况，这也就够了。活着一天，就做一天的实际事情，就真的够了。我柯达就是知足常乐的这么一个人，说什么伟大之类的词句，那都是扯淡的。我如果能帮助阳性人毫无恐惧地畅所欲言，帮助他们建立一个自信、自强、相互关爱的大环境，帮助他们战胜困难，帮助他们能够全力以赴地战胜病痛，有一天，我就是真的去了，也值了呀。

柯达纯净无私的心态就这样渐渐地形成了。这种心态一旦形成并且被他欣然接受，他就拥有了一个全新的生活理念。这个理念的开端就是，我是感染者，但我还是一个医生，医生不怕任何疾病，怕的是做事不专心，不自信。

他所要做的事情，不再是一种属于过去被搁置一旁，被人遗忘的事情，反倒成了一个死去但却没有死，却重新焕发了生机的事实，成了比生命更受人珍惜的事实。柯达为自己的这一转变过程而兴奋、振奋。人啊，真的是需要自己激励一下的。打开自己的思维天窗，放出自己的一些好点子，所有的麻烦都会迎刃而解的。要是冯婉妮现在就在柯达的身旁，柯达会拍着她的肩膀说，“伙计，你听我说，我要打破常规，生活中的出路不是只有一条，我不会屈从于命运，从明天起，我就去做，就去做愿意做的事情，只要去做，我就快乐，去做，去做，哈哈，去做。”

柯达下定了决心，不是有一句话吗，叫“医道，就是生活之道”。在 HIV 感染者这个庞大的生活圈子里，他柯达就是一个感染者。最初，他把自己的感染之不幸完全归咎于社会与行为因素。现在，两年都过去了，国家早就对 HIV 感染者的治疗和预防予以充分重视和作出安排。除了 HIV 患者出现机会性感染外，所有的治疗药物全部都免费。“四免一关怀”等关爱政策，已经在这个拥有 80 余万被感染的庞大的阳性人群中妇孺皆知。

他认为这都是些好事情，政府眼里面也有这些病人了，病人们就有救了。

但是，问题还是很多的。柯达发现，一些 HIV 患者感染后的病情急剧发生变化，引起不明原因的机会性感染很多。柯达认为，这是 HIV 感染者缺乏正确的知识引导和自我认知能力较差而引起恐惧、恐慌造成的艾滋病感染者不断的发病。另外，柯达还认为，我们国家目前不少的艾滋病防治宣传标语带有非常明显的歧视语言，比如，“洁身自好，远离艾滋”，“远离毒品，远离艾滋”。这些标语口号的用意是提醒国民：人们要预防艾滋病，一些不良的性行为容易感染艾滋病病毒。这些口号和标语往往会给人们造成HIV感染者基本上都是“吸毒、不洁身自好、不珍爱生命”的印象，而只有这类人才能患艾滋病。这就完全使公众将艾滋病与卖淫、嫖娼、吸毒、同性恋和性乱等不良行为等同起来。这可能会误导大家，只要一提起艾滋病病毒和艾滋病人，公众的脑海里就会立刻浮现出吸毒、卖淫、嫖娼等字眼，渐渐地，无论在什么特定的环境下，公众只要一听到艾滋病病毒，艾滋病病人，立刻就会认为这个人必定是由于卖淫、由于嫖娼、由于吸毒的不良行为而得的这种“脏”病。社会的成见和思维的定势已经非常深刻地注入了人们的思维模式中，他们会在许多场合不断地表现出来对艾滋病病毒携带者和艾滋病人的厌恶和歧视。对此，从医学上讲，这种附在艾滋病人身上的“社会标签”，是与他人的品质和行为挂钩的。他本来是输血感染的艾滋病病毒，本来会积极地去医院进行检测，进行治疗，但因为社会成见和偏见问题，使一些人始终在隐藏着自己。柯达从一份医学调查报告上得知：从2007年至2010年，在这3年中国报告艾滋病死亡病例中，就有80%的人从未接受过抗病毒的治疗。但在这3年中，中国艾滋病的死亡率是10年中最高的。比如说柯达本人，他因艾滋病病毒携带者而失去了工作，失去了相互关爱的人际关系，说起来他失去的简直是太多太多了……实际上，就是因为公众宣传有误导，有误会，柯达认为，这根本不利于高危人群的主动检测和防治工作，更不利于治疗。

柯达在一份资料上看到：“自1981年美国出现首例艾滋病病毒感染病例以来，已经走过了30个年头。艾滋病在世界范围迅速传播、蔓延，至今已在210多个国家和地区流行。根据2009年11月24日联合国艾滋病规划署和世界卫生组织联合发布的《2009年全球艾滋病流行趋势报告》显示，目前，全球有大约3340万艾滋病病毒感染者，其中2008年新增感染者270万人，200万人死于与艾滋病相关的疾病。南部非洲平均每天有500人感染艾滋病。”我国的一位女大学生就是被该国的男友传染上艾滋病病毒的。

中国的艾滋病蔓延态势也是很严峻的。从2001年约45万人上升到2007年约70万人，到2010年已达74万多人。74万多人中并不包括已经感染了艾滋病病毒却因种种歧视原因未到有关部门进行主动检测、主动治疗的一大部分人群，有的人甚至还不知道自己感染了艾滋病病毒，因为艾滋病病毒进入人体后，会无声无息地潜伏下来。他不会因为感冒、咳嗽等一点小病而去医院检测HIV，他只要吃点针对病毒的小药就能把感冒、咳嗽治好，仅此而已。这不能怨他们不去检测。有句话说得好，不知为不怪嘛。

为了对公众有个交代，对自己有一个交代，对未来人生有一个指引，对所有艾滋病病毒携带者和所有的艾滋病人有个指引，柯达决定把他外出访问到的我国一些对预防治疗艾滋病有突出贡献的医务工作者和一些关爱人性生命的社会知名人士介绍指引给那些和艾滋病有关的高危人群……柯达就想告诉大家，这些人是艾滋病人最可信赖的人。这些高危人群中有许多人得病之后投医无门。柯达想大声地对那些高危人群呐喊，朋友，不要徘徊在是非曲直中，勇敢地面对吧，谁能救你，你就去救自己。

柯达对面坐着的这位老人，叫许清，她是B市传染病医院感染科主任。柯达来到这所医院，逢人都叫她许主任。这是个把沉静的尊严、无尽的耐心集于一身的老人。柯达认定这位老人是世间最难碰到、也是具有最好品质的一位老人。她在B市传染医院做感染科医生差不多有50年了。她接触的与艾滋病有关的人群差不多也有几千人，甚至更多。她不记着这个数字，数字让她很感慨。这个世界是跑步的时代，人人都在奔跑着前进，也是艾滋病传播蔓延很快的年代。她很不希望艾滋病患者在不断地增多。作为流行病传染病医生，她认为自己有责任。她只有将为病人治病看作是一件实事，是必要的任务，要精心地去完成这些任务。她只对病人负责，这是她消解自疚的最好的办法。艾滋病蔓延的势态，她着急也没有用，没办法就是没办法，牢骚是要发几句的，苦楚也须叹一叹的，仅此而已。

柯达发现许大夫是个非常沉静非常沉稳的一位医生，她这种沉静很特别。大吹大擂的事情永远不会与她沾边，吹吹拍拍的事也永远不会与她沾边。说好的事，就去静静地做，没说好的事，也不多说一句了，还是默默地去做就是了。她曾经无数次给艾滋病人提供参加社会场面上的会议、活动的机会。她不会告诉艾滋病人我为什么要让你们参加这类活动，为什么让你们去看看，为什么让你们去那个地方。她只指点详细去的方向、走的路线、开会或活动的时间，再什么都不会多说，就此偃旗息鼓。之后，她永远都不会再提及此事的发生与结果。而那些曾经受到过她关怀和亲自指点的艾滋病人，也像心有灵犀似的，从来不多问一句半句的。

她许妈妈让他们去参加一些外面世界开展的活动——健康人开展的活动，到底为了什么？他们从来不多嘴，只是默默地去，默默地回。他们从入院到出院到再入院再出院，始终叫他们的许大夫为许妈妈。

对于艾滋病的窗口期，许大夫非常专业地跟柯达讲："窗口期是指从患者感染了艾滋病病毒到人体内出现艾滋病病毒所需的时间，该时间的长短不一。一般认为，窗口期为2周到3个月，最多能达到6个多月。艾滋病期可分为3个时期，即急性感染期、无症状HIV感染期以及艾滋病期。3个时期均有传染性。该病平均潜伏期为8年到10年，有的长达几十年，甚至终身不发病。患者的体内外观与常人没有区别，可正常地工作和生活。如果检测结果为阴性，不要大意，阴性说明时间未到，3个月之后一定要再来复检。"

中医认为，艾滋病是伏邪疫毒，在发病过程中，除了外感六淫外，情志因素也是主要的一个方面。比如：大怒伤肝，过喜伤心，过思伤脾，过忧伤肺，太过恐惧伤的是我们的肾气。

中医还认为：情志的病是不可以用药而愈的。针对情志病，中医基本上采用了情志生克法，也就是人们熟悉的五行相克原理。比如说，"喜胜悲，人们高兴起来就能够战胜悲伤。喜是火，悲是金，用五行说法那就是火克金，火是可以把金属熔化开的。火又是散发，悲又是气结，所以悲这个气结要用火来散发开去，结果就打开了病结。"这些年来，许大夫积累了很多的治疗艾滋病的方法，总结出一整套中西医结合治疗艾滋病的经验。在许医生的心里，只要你把病人能尊重一下，你想收到什么结果都不重要。

许清是2003年第三届国际预防艾滋病马丁奖获得者，她的贡献是以她真挚的情怀和以心换心的母爱深情，召唤着那些无望无结果，一直苦熬得要死的艾滋病病人，手拉着手不屈不挠无所畏惧地朝前走。许大夫身上有着潜移默化的震撼，许多行动乖戾的艾滋病人把他们的生活方式纳入了城市紧张而特殊的环境中，但他们碰到的医生如果是许清的话，那他们将改掉很多不良习惯和不良生活方式，不久的将来，他们的脉搏也会按照城市紧锣密鼓的猛烈节奏而跳动，他们的心里也会时常充满着一种巨大而隐秘的自豪感，一种隐藏着的说不出的柔情，他们与正常的健康人的生活几乎没有什么大的区别。如果说有区别，也就是到了一定的时候，他们要到许医生的医院来做一个短时期的治疗。

艾滋病人是很敏感的一类人群部落，一旦与周围的环境产生紧张的关系，他们的神经会变得十分脆弱。因此，经常会出现下列场景：如果有人因遭到不平等的待遇而奋起抗争，或对现状不满发几回牢骚的时候，他身边的人——那些在平时正憋得发慌攻击性发挥不出来的人，就会借各种机会和场合，发挥出他强有力的攻击性，不攻击，无以证明他的攻击才能，不攻击，无以说明他损人的耐力。许清医生与这样攻击性极强的人恰恰形成鲜明对比，凡是来找她看病的病人，不论是甲肝、乙肝、丙肝病人，还是艾滋病人，还是淋病、鼠疫病人、梅毒病人，在许医生的眼里，他就是一个病人，无论是乙肝病毒携带者还是艾滋病病毒携带者，在许医生看来，他就是一个病毒携带者。她是医生，她第一个反应是对病人要“宠着”他们。他们有什么“无底洞”的要求，她都能耐心地帮他们解决。有一次，一个病人到她对面坐下，凭她多年的行医经验，她边问诊边观察：面前的这位病人，他目前是处在一个什么样子的状况，他是不是潜意识里已经有了摆脱不掉的自卑、无奈、绝望和自杀倾向。这种倾向她完全可以通过感官来做出判断。她查体时时常通过检查对方的嘴巴、舌头、神经、眼睛、大脑、皮肤、腹部和内脏，以及化验检查结果的各项综合指标，来判断该病人应该采取哪些方法在对其治疗中见效比较快，是先治疗心理还是先治疗疾病，哪一些方法最适合该病人恢复并会发生一些奇迹的事情，从而产生出一定的治疗疗效。仅从几个方面，她就完全可以体会到这个病人，目前对艾滋病的恐惧有多大。许医生进一步又想到，这位病人目前所要迎接和需要面对的是，丢脸了，受歧视了，被抛弃了，被孤立了，这些层出不穷的困难，他发病之前从未遇到过，他将如何面对呢？这些是许清医生在问诊初期，她要心平气和面对这位陌生而又虚弱的病人，所要提前为其考虑的事情。再要考虑的问题，就是他来治病，他的经济状况允不允许住院治疗？这是许多病人来就诊时的最大难题。许医生都在第一时间里为她的病人所面临的困难考虑得周详严密，细致入微。在最初的诊断中，许医生的低声细语极其详尽的讲解会让一个惊恐不安的病人渐渐明白，今天的艾滋病是可以通过医疗手段来控制的，这给患者带来了让他有力气活下去的希望。接着，许医生还会让病人做好迎接各种困难的心理准备。首先，作为医生，她一定会让病人依赖她，她会为病人所有的个人信息，信守承诺，守口如瓶，保守秘密。其次，她会告诉病人所要做好的一切思想准备，你的健康状况，你的生命期限，这完全是你个人应该为之奋斗的，不是靠着医院这个地方来救你，而是靠你自己的行为和新的生活方式来搭救你自己。比如说，你要是整天待在一个地方无所事事，那这一天到晚将多单调乏味。你应该出去工作，虽然工作需要面对更复杂的人和事情，有时要面对许多困难和精神压力，还有一些是你意料不到的方方面面的压力，也常常会令你有些气馁，或常常不知所措。但更多的是你的工作会有成就，这种成就会让你感到振奋和更加的发愤图强。这时候，你会感到工作是愉快的，工作会给你带来很多的娱乐，很多舒服感觉，更重要的是分散了你的注意力。你想想看，自己待着的时候，什么孤立无援啊、揪心啊、可怕啊，你天天独自守着自己的病情病况，完全与世隔绝，这样你会有重新再活一次的感觉吗？只有工作才能展现出你的快乐，展现出你的智慧和能力，展现出属于你的健康长寿。许医生对病人说的处处都在理，病人不可能不听许医生的这番像对亲人讲的话。那些令人心寒的事情，简直是从根本上缩短了一个病人的生命，病人是非常怕与人谈起艾滋病的。我只是被感染了，不是被污染了，可人们为什么认为我就是一堆被污染的垃圾了呢。病人的心态可以被许医生理解。只要他是艾滋病病人，或携带艾滋病病毒，他就会首先遭遇被歧视、被嫌弃、被拒绝、被排斥。有工作的被解雇，有家的妻离子散，有朋友的被朋友抛弃，需要帮助的部门求助无望。不就是一个被感染了的疾病吗？很多艾滋病人想不通，想不透，他们和她们为什么在自身已经有了自责感（不小心被感染的自责）的情形下还要遭受极具毁灭人性的耻辱感呢？为什么？

假如这些已经到了绝望的地步，需要一个部门里面的一个组织或一个人来搭救这个病人的话，假如B市传染病医院的许医生不是对待病人如此耐心、如此负责任，为病人的生老病死考虑得如此周到细致地话，那么，艾滋病人只要贴近了艾滋病病毒或贴近了艾滋病，这个人是死是活，是自杀还是自残还是自我伤害——真的是令人难以想象！因此，谁也不会大胆地告诉别人他患有艾滋病这一事实，如果那样，他周围立刻会变得人人自危起来，病人会变得无力自拔。

许医生渐渐成了艾滋病人免费的私人顾问，艾滋病人什么事情都要找许医生拿个主意，就是身边有家人、朋友、同事支持的艾滋病人也同许医生保持着不间断的沟通和交流。有什么高兴的事情，比如，“我开始享受公费医疗了，这样我可以保证我的身体强壮、健康、有益地活下去了，哈哈……”等等这类令谁都高兴的话，也来说给许医生听，听者在电话这边，为这位病人已经摆脱恐慌心理，已经幸免于难地振作起来，并健康快乐地活着而略微松了一口气。许医生为她的每一位病人能够自强、自立，为推迟自己的死亡时间而奋斗的状况感到由衷地放松，她这一放松，就感到自己走路的腿脚很快，很有速度。

许清医生从小就是一个两耳不闻窗外事，一心只读圣贤书的人，她读书是读得很死的那种人。从高中开始，她就在长春的一所重点学校就读。她的宿舍从窗户里往对面看，就是长春市的中山公园。中山公园门口的广场上有一个放电影用的大银幕，每天晚上，许清早早就上宿舍的床上，她一坐起身，眼睛刚好就能看见公园门口大银幕上播放着的悲悲切切的《白毛女》。这是个很理性又很能管理自己的小姑娘，为了第二天早起复习功课，小姑娘劝着自己，闭上眼睛，明天还有更重要的课要等着你来听呢。她玩着这边一条小辫子，又转过身玩着另一条小辫子，玩着玩着，她就渐渐进入了梦乡。许清高中 3 年，每天早晨，她都是宿舍和走廊里第一个走动的人。她起得特别早，她所在的长春高中，当时的体育老师是一个日本人，这个人一上课，不是喊就是叫，再就是手拿一根教鞭，很威风地叉开双腿，瞪着眼睛，当时的体育课有个项目叫越双杠。有很多学生跑到双杠前就收住了脚步，因为太胆怯一定会越不过去的，那越不过去的同学就要被日本老师举起的鞭子抽在身上，那是很疼很疼的抽法，许多同学被鞭子抽过之后，倒在沙坑里想起都起不来，只好喔喔呀呀地在沙坑里面哭。许清当时长得又瘦又小，但是她的小身材却很灵活。别看她长得小，可动作灵敏老练，轮到她了，只见她跑到双杠前，看都没有看一眼日本老师手里高举着的那条鞭子，双手一握，一跳一跃，令人吃惊地飕地一下子就翻越过了双杠，跳到了沙坑里。她当时穿着短裙，掉到沙坑时腿上立刻布满了沙土。回头看那条鞭子还在日本老师手里举着，半天没有落下来。可在沙坑里的许清却被吓得小脸铁青铁青的。在她青春年少的世界里，她还从来没有见过老师用鞭子凶恶地抽人的残酷场面，这回一见，许清就把什么叫暴行牢牢地记在了心里。多少年过去了，许清还是想不通，身为人师，为什么这个老师对待学生就没有宽恕和温厚之心呢。如果一个人不知道宽恕别人的话，那他可真就会干无法无天的事情了。

1953年，许清高中毕业后以优异的成绩考入了哈尔滨医科大学。那天的发榜发在了《人民日报》上，许清手里拿着《人民日报》，一溜小跑地奔到家里。她终于要学医了，这可是她梦寐以求多少年的事情啊。现在愿望终于实现了，真是令她心里高兴，让她欢快不已，那些日子，银铃般的笑声和歌声整天在她家的小院子里荡漾着，她惬意极了。

许清的5年哈尔滨医科大学医疗系求学生涯一晃就过去了，大学里，她依旧保持着高中时的良好习惯，不多言不多语，认真读书，认真实习。对学习以外身边发生的事情，眼睛看都不看，耳朵听都不听。哈尔滨医科大学有足够宽敞的教室，有阳光充沛的校园，有足够清静的图书馆，这都是许清非常愿意静静地待着的地方。她对大学里学医生涯有真挚的感情和温暖的情怀。这在以后的从医生涯的几十年中，她是深有感触的。还有一段最初基层工作经历，也让许清难以忘怀。

那是大学毕业后，她被分配到H省克东县人民医院做实习生。这是克东县人民医院第一次分来的两个大学生，女的是许清，扎两条小细辫子，眼睛很好奇地对医院上上下下一个劲儿地打量着，男的是许清的一个同学，但跟许清一点恋爱关系都没有。在大学校园，这两个人谁都不认识谁，国家分配过来到这家医院来报到的时候，两个人异口同声地说是哈尔滨医科大学毕业分配来的，这个时候两个人才惊讶地互相看了看，许清觉得没有见过这位同学，男同学听过许清这个名字，但现在碰到了，他心里说，啊，她就是许清。然后他就对许清说，“啊，这回对上号了，你就是许清呀。”许清眨眨眼睛，没说嗯也没说话，但只是轻轻地点点头。

克东县人民医院院长对新来的大学生是很欢迎很宠爱的。但第一天见到两位大学生他说的第一句话就是，“在这个医院做医生，实习生和编外大夫都必须有诊必往。”许清听到这里，心里开始琢磨，“必往”是什么意思呢？是说上病人家里去吗？要是去病人家里面看病，那病人家里面有没有狗啊？她在心里喊着，“院长啊，我怕狗怎么办？再说，有诊必往，这里人生地不熟的，找不到人家那可怎么办呢？”

第一天值夜班，是一个刮大风的大雪天气。许清和一个带着孩子值夜班的护士共同值班。夜里有个喝得醉醺醺的人急急忙忙赶到医院，要求值班医生去他家里看个病人，当时，护士的孩子正在哭闹，值班实习医生许清说，“我去吧。”护士说，“你一个人能行吗？”许清果断地说，“我可以，咱们走。”俩人便很快消失在夜色中。许清是最怕走夜路的人，她刚从有灯光的屋子里走进黑暗的夜色中，眼睛适应特别地差，她什么都会看不见，又没有对谁说她看不见，所以她一出医院大门，眼前就开始发黑。许清知道，出诊是要讲速度的，多耽误一点工夫，病人就可能发生生命危险。她一步快似一步地往前奔，风刮得她想睁开眼睛都睁不开，她只顾低着头，往前赶路。突然，她撞到一个软乎乎的东西上面，当时就把她吓得瘫倒在地。那个醉汉赶过来把她拉起来，说：“你怎么往牛身上撞呢，幸亏撞到了牛身上，把你给撞回来了。告诉你，那头牛脚下就是一口井，井上又没有沿，都是冰啊，你要是再往前走几步，就可以掉下去了，掉下去可就没有你的小命了。这口井有多深你知道吗，医生你先歇一会儿吧，歇一会儿再走吧。”许清揉着眼睛，这回眼睛适应过来了，她说：“赶快走吧，医院现在没有大夫，我还得着急返回去呢。”第二天的白天，等到许医生再出诊路过晚上走的那条路时，许医生有意地去看了看昨天晚上她撞到那头牛的地方，果然那里有一口四处都是冰却没有井沿的一口深井。她当时就想，我就差那么一步了，迈出去就百分之百迈到井里了。这让许清感到后脊梁骨有点冷飕飕的，很后怕。

第一次出诊，许医生就被吓坏了。当时，许医生放下电话，赶紧把病人的详细住址七拐八拐地记在了一张纸上，上面写着：朝前走右拐，再走左拐，再右拐……写完，拎起药箱就赶过去了。那是一个晴好的上午，阳光照在身上暖洋洋的，小许医生脸上冒着汗珠，赶到病人家的时候，看到一个用树枝编的院落，院门不高，踮起脚来能看到院子里的一切锅碗瓢盆，还有小饭桌，好像没有狗吔，也没有听到狗叫啊？小许医生蹑手蹑脚小心翼翼地推开那个小树门，她喊了一声，没人出来，也没有人应声。她又喊了一声，便往院子里面走去……忽然，房屋敞开的门帘被掀开，立刻从门里蹿出一条大狗，它狂吠着直奔小许医生而来，主人随后也跟着迎了出来，这时候的许医生受到了惊恐的一吓，她的药箱被甩出去了，她想跑，腿肚子发软没有跑出去半步，就踉跄地倒在了地上。好在主人一声呵斥，那条疯狂的大狗立刻竖在小许医生面前，嘴大张着，喘着伸出来的舌头。小许医生带着哭腔让主人赶紧把狗带走。

进门一看，小许医生又被惊吓了一大跳：病人蓬头垢面，一下子扑到小许医生面前，小许医生当时就把药箱又一次惊吓掉在了地上。她手也抖脚也抖，好半天才被病人家属安抚下来，定了定神开始看病。小许医生让病人家属把病人平躺在炕上，打开药箱，天哪，药箱里面的体温计还有一些常用器械全都摔坏了。小许医生又定了定神，她心里默念着在学校学过的问诊查体所要进行的步骤，摸摸头，不热；看看眼睑，正常；听听肺子，没有锣音；看看指甲，张嘴“啊……”看看舌头，再看看腿，有知觉，一切正常。那么这个病人是什么病呢？看到地上摔碎的碗碟，她问病人家属，“到底出了什么事情？”家属说，“我们俩人拌了几句嘴，她一生气就抽过去了。”“噢，这病人一定是癔症。”许医生立刻做出了正确的诊断。好在她还学过半年中医，一看药箱里除了注射器等易碎器械摔坏了以外，针灸的针还安然无恙。她对病人家属说，“别着急，扎几针就好了。”只见小许医生的小手轻轻地捏起一根根细细的银针，照着两个足三里就是两针扎下去，两个合骨又是两针扎下去，接着，人中等穴位也分别扎了针，她边扎还边哄着病人轻声轻语地说，“千万不要动噢，一动针就会断的，针要是断了，拿不出来可就麻烦了呀。”半个小时后，这位功能性癔症患者终于缓过来了，逐渐安静下来。直到给病人的事情全部处理完了后，小许医生的腿还是软软的，迈不开步子。病人家属要留小许医生在家吃饭，小许医生用差点哭出来的声音说，我怕你家那条大狗，你还是把我送出院子吧。回到医院，还没定过神来的小许医生扑在桌子上就开始喔喔哭起来，几个护士都围拢过来问出了什么事情了，“小许医生，快告诉我们出什么事了，真是急死我们了！”小许医生就是一个劲儿地哭，哭了一阵子哭够了，她擦了擦脸，又微微笑了一下，没有向任何人做任何的解释。

后来，克东县人民医院买了几辆自行车，为的是医生出诊不用再那么辛苦走着跑着去了。有了自行车，出诊的速度也会加快，这也是医院从病人方面考虑的。小许医生是不会骑自行车的，但是为了救治病人，她还是要求自己学骑自行车。小许医生的身材比较矮小，她要跨上自行车的后座使劲站着再往下用力，那条跨进去的腿才能够着自行车的另外一个脚蹬子，这使她的力气就着短小的身材尤其有点为难。

但是小许医生是从来不惧怕困难的。在她心里一直是这么想的：只有困难来怕我，困难是可以克服的，能够战胜困难，就是与困难搏斗的过程。我不怕你，你就会怕我。她不得不以比较乐观的态势来迎接这个难度有点大的骑自行车这件事。于是，小许医生每天下班后，她就把自行车推到另外一处有点坡度的地方，这个地方整天有个放羊的孩子举着鞭子不是唱就是啪啪甩鞭子玩。本来到天快黑的时候，这个孩子应该把羊赶回家急忙去吃晚饭的，可是当他看到一个扎辫子的姐姐在苦练骑自行车的时候总是一会儿摔倒，一上车她就和车一块倒一边了，他感到很好玩，结果是小许医生一摔倒，他就啪啪地在坡上猛甩鞭子，一倒他就一甩，一倒他就一甩，还张着嘴哈哈哈哈笑得前仰后合，开心极了。小许医生看着他在那坡上如此开心地甩鞭子，就招呼他说：“小弟弟，快过来，快过来扶我一把呀。”直到有一天，小许医生能够骑上车子可以溜下坡的时候，放羊的孩子更是撒了欢地甩着鞭子，这就算是对总摔倒的姐姐的一次最好的鼓励了。小许医生终于会骑自行车了，可是她从有坡度的路上一直一口气骑到了医院里却无论如何下不来自行车，她也着急，一扭一扭地把自行车在医院院子里骑了一圈又一圈，还是下不来，最后又连人带车倒在了地上。

1959 年 7 月，小许医生被调到了 B 市传染病医院。临行前，克东县人民医院院长语重心长地对小许医生说，“小许医生，你不要怪我们，先前这个医院已经来过一次调令了，我没有告诉你，是因为我们这里太需要你了，但是我也很矛盾，小许医生，你是个人才，在我们这里真是委屈你了。这回我同意放你走，是不想耽误你的前程啊。”小许医生也被感动得泪流满面。小许医生走时，院长带着一伙不值班的医生护士前去送这个静静的小许医生，当火车缓缓开动的时候，小许医生看到送她的人群中，有不少人在擦着眼泪。

十三

经过许清教授的真诚帮助和牵线搭桥，柯达的一些请求得到了B市传染病医院有关领导的支持，他们给柯达开了绿灯。医院领导同意柯达的请求，同意他同艾滋病科的住院病人一同生活一段时间，这一段时间是10天。这之前，许清教授又为柯达做了几次身体检查。许教授对柯达的身体状况感到比较满意，并把柯达目前的身状况和未来将要发生的情况都跟柯达说得一清二楚。她还提醒柯达要注意休息，别太劳累，要做的事情很多，别着急，慢慢地来。她对柯达说，现在中国不缺能治病的医生，奇缺的是能够与艾滋病病毒携带者之间相互交流身体感受，并能参与到艾滋病病情的指导性工作以及和艾滋病人称兄道弟同病相怜富有责任感的医生。你是第一个这样的医生，我代表这些感染者非常欢迎你的到来。

许清教授真诚地为柯达能够自告奋勇地自觉参与到关爱关注艾滋病人的行动中来而高兴。她也表示，为她有柯达这样博学多才的病人感到兴奋不已。这让柯达的精神备受鼓舞。因为，在阳性人群中，她看到柯达这样一位有品位的医务工作者是真心实意要做点实际事情的人，一点都没有虚的、假的意味在里面。她也渴望在阳性人群中，像柯达这样的实实在在的人越多越好。你不知道，她曾对柯达讲过，艾滋病人有一种渴望的眼神，会经常刺痛病人的神经的，那里面缠绵着内心的活动，是你医生所不能治疗的，这样的病人治疗的难度要比治疗本身的疾病难上几倍，而柯达，她就认为柯达就是这些病人的医者，就因为他感染了，他就能医。

“各位病友，在讲艾滋病的有关故事之前，我想问大家一个问题，你们有谁知道我们身上的艾滋病病毒是从哪里来的吗?”

这是柯达在B市的传染病医院艾滋病科，给这里住院的艾滋病患者以讲功课的形式，给大家讲解关于艾滋病的源头之谜。

艾滋病人甲说：“感染者要有一定的人群，人数积累到一定程度，就会引起流行。”

艾滋病人乙说：“从边远地区。”

艾滋病人丙说：“恐怕不是，从国外传来的。”

柯达说：“对，这位病友说得比较正确。”

“1981年，美国人发现了首例艾滋病人以来，科学家们始终都在努力寻找药物治疗和抵抗艾滋病病毒的疫苗，他们研究来研究去，提出了一个问题，那就是艾滋病病毒究竟来自何方呢?

“1959年，位于非洲西部的扎伊尔叛乱四起，民不聊生。人们在生活难以维持的状态下，很多人都靠卖血为生。有一天，一位身材瘦削的黑人来到扎伊尔金沙萨市的一家医院来卖血。谁知他当时抽了200毫升的血后，什么话都没有说，抓起钱就急匆匆地离开了医院，也没留下姓名地址和联系电话。

“话说30年后，1989年，美国和世界卫生组织在全世界通报查寻艾滋病病毒的源头。当扎伊尔金沙萨市的那家医院的一名血液化验员在清理血液样品库时，偶尔发现了一支标签上写明抽血时间为1959年却没有姓名的血样玻璃瓶，他当即决定对该份血样进行成分分析，结果出来后，他感到非常的吃惊。这份血液样本中竟然含有艾滋病病毒第一型——HIV-1，而当时世界上大部分的艾滋病病毒的病例都是属于该型病毒的。

“据该医院里的一位护士回忆，当时那位黑人年轻人所卖的血液除了大部分使用于临床抢救病人外，其中的一小部分被装入了玻璃试管冷藏了起来。时间过得太久了，人们早就把这件事情给遗忘了。

“这件事震惊了全世界，全球的医学专家们苦苦寻觅多年的艾滋病病毒的第一滴血液，终于在西非国家的扎伊尔找到了。可是，若在扎伊尔寻找那个当年的黑皮肤的年轻人到底还是大海捞针，寻找携带者的工作最终也失败了。当时，一些著名的医学专家一致认为，哪怕能找到这个人的尸骨也可以啊，这是开启艾滋病病毒之谜的一把钥匙啊。

“正当大家都很沮丧的时候，一个好消息传来，一只被美国军方于1959年6月在西非山区捕获到的雌性猩猩——被人为饲养后取名‘玛里琳’，于1985年和其他猩猩一起聚在一处，接受了一项艾滋病病毒抗体试验，检验结果又使科学家们大吃一惊，玛里琳身上带有猿猴免疫系统缺陷病毒

(STV)，这和人类身上所表现出来的艾滋病病毒（HIV）极其相似。人们立即将玛里琳隔离起来。

“在人工放养的美丽繁茂昌盛的大自然中逍遥了近30年的玛里琳突然被隔离了。因为忍受不了隔离生活，身怀有孕的玛里琳不久就抑郁而死。

“科研人员和一些医学专家便对其进行尸检，取出的两个已经死了的小猩猩，经过化验，它们身上竟然没有它们妈妈身上的那种（STV）病毒。

“在科学家们后来的研究中发现，他们从猩猩身上分离出了4种病毒，其中多种病毒在遗传特征上与人体内的艾滋病病毒极其相似。科研人员后来又发现，这4种病毒分别来自非洲黑猩猩4个分支中的一个，它们生活的地区多分布在喀麦隆，赤道几内亚，刚果和中非共和国一带。根据此调查数据，专家们推断出，艾滋病病毒来源于西非国家的大猩猩。

“专家们找到了病毒，那么我们人类是怎样被感染的呢？

“在美国新墨西哥国家实验室里，科学家们用计算机模型计算了艾滋病病毒中发现的基因突变，推算出艾滋病病毒从猩猩传染给人类大约在70年前，即1930年前后，人类的艾滋病病毒是从猿类的猩猩或猴子身上的艾滋病病毒转变而来的，可能是1930年前后，人们为了生存，屠杀了很多的猩猩时被传染上的。同时，欧美和非洲的医学专家还在密切合作，他们对扎伊尔的那个黑人青年的‘第一滴血’进行了广泛深入地调研，结果是，这名黑人可能在抽血前10年就已经是艾滋病病毒携带者了，并由此推断出人类的第一例艾滋病病毒至少应该在50年前便已经出现了，这和计算机模型计算的时间几乎是相差无几。

“在对当地土著人的生活历史的研究中，医学专家指出了几十年前，甚至很远的时间，少数族裔的土著人，为了获取食物而捕杀黑猩猩等动物，由此他们感染了艾滋病病毒，灾祸就是由这里开始的。

“好，故事就讲到这里，各位病友坐的时间太长，是很辛苦的，我们休息15分钟。谢谢大家！”

柯达用不到30分钟的时间就给前来听他讲故事的病友讲了一个很神秘的故事。一个病友说，“谢谢柯医生，让我们一起为他鼓掌吧！”大家就响亮地为柯医生鼓掌。但是，有的病友还感到言犹未尽。休息时，病友何凌问道，“柯医生，艾滋病最早是在哪儿被诊断出来的？”柯达说，“大概是在北美最早诊断出来的。因为那个时候一个是鼠疫，一个是艾滋病，这两种病是当时最糟糕的微生物传染的流行病。”

柯达看着手表，拍着巴掌说，“好，下面的30分钟时间，病友们可以跟我提出任何的问题，我能作答的就答复大家，不能作答的，等我学习学习后再做解答。病友们，这样行不行啊？”

“行——！好——！”接着大家又一起为柯达啪啪地鼓掌。柯达为此很受鼓舞。

一个病友说：“我问柯医生一个问题，我刚刚用药不久，情况很糟糕。”柯达见他脸色苍白，白得像纸，就赶紧上前扶他坐在床边，患者做了一个很无力的手势，展现出他说不出的极不舒服和难受至极的样子。“我的不良反应很重，我可以不可以停药呢？我真的受不了啦！”

“这位病友，我患病后就仔仔细细研究了HIV这种病毒的全部内容。知道了HIV病毒具有高度的遗传变异性能。这句话的意思是说，我们在查看病毒的基因组织时，是根本看不到两个完全一样的病毒的，也就是说病毒和病毒都是不一样的，你是你的病毒，我是我的病毒，他是他的病毒。大家都知道，病毒繁殖的速度是每天百亿以上，它可以非常快速地挑选一株最具确定突变的病毒，来与你的用药抗衡。你当然会很难受的，这种不良反应还会持续。这位病友，你的T细胞计数是多少？”

病友E：“已经少于350了。”

柯达：“你的病毒载量呢？”

病友E：“已经高于30000/ml。”

柯达：“这你就得主动配合医生接受治疗了。”

病友E：“是啊，我是很配合治疗的，但是我太难受啦。”

柯达：“你现在接受的是单一治疗吗？”

病友E：“是的，只用一种药物。”

柯达：“单一治疗已经不是一个最佳的疗法了，我建议你跟医生提出来用3种不同药物治疗，就是3种药物联合用药。这样能快速地把病毒载量降下来。病毒载量降低就不会产生新的病毒了。伙计，你还得挺一挺啊，坚持就是胜利。”

又一病友举手。“柯医生，如果我的病毒载量降低了，还会传播吗？”

柯达：“嗨，你提出的这个问题也是很多用药者都很关注的问题。现在要说的是，随着病毒载量的下降，感染耐药病毒株的病人基本不向他人传播病毒，也就是说，他们实际上并不会传播耐药病毒。但是，如果病毒相对浓度要是接近100%的话，耐药病毒株还是要传播的，这是潜在的传播。如果你产生耐药的话，你还可能把耐药病毒传染给别人。前提是在你不知道的情况下。知道了，你就会知道如何去保护别人的。”

又有一个病友提出问题，“柯医生，我觉得用药后的身体反而比用药前还要差很多，一点力气都没有，是不是我服用的药物不吸收啊?”

柯达:“这也许是个问题。一个人的生理代谢与其他人不一样，以至于用药也存在着差异。这是药物相互作用的结果吧。一些药物，需要在细胞内磷酸化后，才能起到作用，如果你的遗传多态性不能很好地磷酸化，可能药物就不起什么作用。举个简单的例子吧，如果病毒潜入了你的脾脏，药物都无法到达病毒所在的地方。当我们测量病毒载量时，虽然检测值不高，但病毒还是存在的。随后病毒会从体内的一些避难所游离出来，这样就会使耐药性更强一些。我建议啊，只是你的情况我不了解，也要同医生来商量是否能用一些抗病毒的中草药，用中药和西药进行联合治疗。

我这里要劝大家的是，还是要遵照医嘱按时服用药物，你对药物的依从程度会对结果产生直接的影响。

我们都是病人，我不希望你们用药达不到剂量，不希望你们漏服，因为病毒繁殖太迅速。我也不希望病人产生耐药的病毒株。如果你漏服用药，就有可能产生耐药，就是这么一个原则。好了，今天上午1个小时长谈时间到了，下午我来教大家做一种保健操，保证对提高你的身体的免疫力有好处。谢谢各位病友！”

一片欢乐的掌声从大病房中传出。有护士对另一个护士说，我在这条走廊里工作已经十多年了，这个静静的走廊还是第一次有了点生气的样子。

这条走廊以前太寂静了，寂静到让你感觉有点喘不上气来。今天，这条走廊里有了声音，有了生机，有了很多人在这里面的活跃感觉。以前，这里住院的人再多，走廊里也是寂静的，静悄悄无声息。

十四

在柯达对面病床上的人叫王阳，一个十分会做生意的商人。他看到柯达能面对这么多的艾滋病人挺服气的，就对着柯达直伸大拇指。柯达说，“这没什么吧，我也是病人，我也携带病毒呢。”在和王阳的几句寒暄和下意识的观察后，柯达发现王阳身上有股沉傲内敛的灵气和并非没有锋芒的教养。除了他腰板笔直的坐相和不露声色的表情外，他保养得很好，脸上放着健康人的光芒，无论你怎么看他，你都根本看不出来他是一个艾滋病人。王阳说话不多，音调不高，而且语调里有着南方人说普通话时特有的轻婉，柯达感到很好听。

王阳问柯达：“柯医生，你现在也自由了吧，老婆离开了你？”

柯达：“是我把她逼走的。老婆和爱情都一样，你有问题了，责任就会表态。名目都清楚又都不清楚，各自都有道理又都没道理。你呢，老婆不会离开你了吧？”

王阳：“她们都不是钢做的，会铁杆跟定你？”

柯达很吃惊地瞪大了眼睛。

王阳：“不瞒你说，我有 4 个老婆，一个城市一个，做生意嘛，哪里都去，走到哪里，哪里都可以安个家的。”

王阳的经历主要是做玉石生意的经历。最早的时候，他的父母就做着这种在居住的城市租一个铺面，卖一些首饰、玉器、翡翠之类的小打小闹不会亏本的小生意。轮到王阳来做的时候，他的生意经完全打破了父母传统的生意经，迈开腿，壮起胆，扩大发展到不仅在家乡有连锁铺面，还在家乡周边方圆儿百公里的其他城市开起了店铺，店铺的店员都是他的老婆或者情人。他主要负责进货，去缅甸那边进货。他经常是在昆明开往瑞丽的长途大巴车上往往返返，昆明到瑞丽的西南边境大约有 800 多公里，长途客车一路奔波大概需要 12 – 13 个小时。这一路上，王阳是不寂寞的。在车上，他经常依着女孩儿而坐，这些女孩儿什么都可以跟他聊——抱怨公司里无偿加班，和办公室的同事们一起过圣诞节，首饰和名牌的真伪辨术，梦想着去欧洲旅游，喜欢时装杂志，评点酒吧、唱片和社会新闻，危机感，忧心忡忡不知未来将在什么地方生活……王阳一路跟着听，跟着聊儿，东拉西扯，聊什么话题他就知道这个小女子是哪一路的人精，是正在浪漫地觅偶，还是大胆调情的公司职员，还是正在为明天的去向梦想着天上掉下来一个大馅饼者，再就是世俗味很浓的苗家、傣家、景颇姑娘。有时，他还会碰到从祖国四面八方五湖四海来此地旅游的游客，跟他们聊天，格调一下子就不一样了。他们把有些城市和城市之间的对比统统表达出来，算不算一种新的意识形态？这王阳也不知道。他常常做出倾听的模样，睡意蒙眬地听着，聊着，时间就这么有效率地过去了。到了目的地缅甸，他不敢怠慢，马上去赌石厂挑石买石，然后再去加工打出各种各样款式的翡翠物件出来，就准备着返回祖国，返回家园。这前后 20 - 30 天的时间里，他可以到 A 城的家里住上几天，然后又去 B 城呆上 3 天，又去 C 城住上几天，最后再回到 D 城，自己原配的“老夫老妻”的家。王阳把自己出生兼成长的这个城市叫 D 城。人，一定是要回到原点地方的，这里是家——父母之家，这里是根，无论人走多远，走多久，都是要回这个家的。再富有的人，再高雅的人，只要有家在此地，他终究是要回来的。

有人说，钱是比较有意思的东西，钱是有腿的，王阳说，这话说得太好了，太有道理了。王阳就是因为身上有钱，出手阔绰，女人才把他当成最好的男人来对待。其实，王阳自己心里很明白，他在道德方面是有些差劲，有些不地道，还有些缺德。因为他得编瞎话儿，得骗过她们一个个人精，还得让她们心满意足地跟着他过这个总是有期盼的日子才行。他的原配妻子贤惠，能干活，相夫教子，孝敬双方父母，为他管家，理家，还打点着那么多的生意，是个不简单的聪明智慧的女人，是他的好老婆。但是就有一点不好：不管他、放任他，在家经常提醒他的话就是，“老王，咱们宁可少挣点少赚点，也别出什么事情，更不要沾那些不三不四的女人啊，会得艾滋病的。”就这么几句话，每次王阳动身之前，老婆甩给他的就是这么几句干巴巴的原始话语，再没有别的新鲜玩意儿了。王阳就挺烦的。在他心里，与钱有关的问题就两个，除了挣钱，那不就是花钱吗？

他的那 3 个老婆，每个人都知道他有 D 城的跟他相依为命的结发之妻。但 A、B、C 城的各个老婆，A 不知道有 B，也不知道有 C，那 B 就更不知道有 A 和 C 了，C 也同样不知道有A和B。王阳想问题比较全面，常言道，三个女人一台戏。女人的特点就是特别爱争风吃醋，吃醋到了一定的程度的时候，计较就有可能不仅仅是斤斤计较，是事事计较，处处计较，弄不好会出事的，会出人命的，会影响赚钱，影响生意的。所以，这些事情他是很小心谨慎的，偷偷摸摸的。好在这4个城市的4个老婆都有生意可忙，有车，有房，有孩子为他养着。他就是一个月在家里待上三两天，她们都顾不上怀疑这个怀疑那个。王阳把该做的该给的都做得好好地给得足足的，不偏不倚。这样，除了大老婆跟他一起时间比较长外，那3个老婆也都很牢靠地跟了他5－6年，直到王阳被检测出HIV抗体阳性。

他是被C城的老婆感染的。这个老婆很小的时候是从云南深山里的一个苗寨被拐卖到缅甸的。他在缅甸认识这姑娘的时候，看到她正在挨打，几个男人轮流地在打她。王阳看不下去了，就上前阻止。结果也因多管闲事被暴打了一顿。后来，他又回到了这个地方——缅甸的密支那一个娱乐场所，花钱把那个小姑娘买了出来。王阳后来才感到把这个姑娘买回来这件事是他这一辈子做得最对的一件事。姑娘嫁给了王阳之后，那是百依百顺，温柔体贴得让王阳这辈子都要时时念着她和守着她。王阳发病之后，唯有这个老婆没有离开过他，在C城做着生意，一个心眼地为他养着一男一女两个孩子。其他的老婆虽然经过检测都没有被感染HIV，但是，A和B早已经换了手机，关了铺面，消失得无影无踪。结发之妻也与他不能相容，“铁面无私”地跟他办了离婚手续。只有C城的小C，在为他奔忙挣钱，打点生意，继而把钱寄给他，让他安安心心地养病、治病。

王阳说到小C老婆时，特意提了一句：“自从我有病之后，有很多人对我的态度是越来越敷衍啊，但是，小C一直就是这么有滋有味地对待我，充满情感温馨，她这份情谊让我感到弥足珍贵。我是她感染的HIV，一点不假，但我心甘情愿哪我，我愿意呀我，我不亏呀我。”

柯达问王阳，“两个孩子感染了吗？”

王阳：“没有。检查好几次了，都没有。这是老天对我的厚爱，对我的呵护啊。”

王阳抱起两手，对着柯达一个劲儿地直作揖。

柯达：“老王，出院以后继续做生意吧，翡翠生意赚钱很多吧？”

王阳：“很赚的。柯医生，你要感兴趣地话，我讲给你听，好吧，我讲给你听。

我就讲讲原石怎么来挑选吧，这可是小秘密噎。我看你柯医生是不会跟我抢生意的啊，哈哈哈哈，好吧，我就讲给你听，不能外传的呦。

原石呀，嗨，先讲原石的皮壳。你在赌石场里面看石头，凭的就是一双有经验的眼睛。原石皮壳有4种颜色，黑皮、黄皮、白皮和毛石。原石分3种类型，‘大窗’、‘小窗’和没有‘开窗’。赌石场里的原石大多的重量约有1公斤，或十几吨的都不等。原石的大小形状不一样，色泽就更不一样了。因为它们不是出自一个坑。原石分水坑和山坑。翡翠最值钱的是天然老坑冰糯种缅甸A货，那款式，雕工精致细腻生动，玻璃光足，灵气也足，样子柔和温润，质地紧密，这种绝佳好料，适合于收藏佩戴或者投资。这种宝石级极品翡翠仅限于缅甸北部的密支那矿区才有。

敢买原石的都是些经验老到的商人，长年累月从事这种风险交易。经验丰富又老道的人，知道这块石头的翡在哪里，在哪个地方能开出好的翡出来。玉石属于自然生长之物，它的中间难免生成棉、褶、筋、纹等东西，这些都不属于瑕疵范畴。天然玉石或多或少都有点纹路，老话说得好，无纹不成玉，就是说的这个道理。

在选购原石的时候，应从坏处考虑，你就想亏了怎么办，少想好事。

一块原料从矿里开采出来，都有一层厚厚的皮，这些缅甸境内的玉石，经过玉石专家仔细研究，精心打磨，能把每块玉石上的玉，就是翡翠找出来，这是最难识别的地方。之所以较难识别，主要原因是有一层厚厚的皮，所开的门子及其擦口，又不能代表整个的玉料的好坏，故在挑选的时候，一定要从切口及整块的玉料来研究绿色的走向，含多少绿儿，集散程度与颜色的偏、正、浓、淡、阳、和、水的长短以及裂柳杂质的多少来进行综合判断。

你就是从切口处能见到绿，能否进到玉料内部，能进多少，绿进去后可能会出现的绿色柳杂质的变化等，你都要考虑到，但最好的办法是见多少绿给多少钱。就是你得把见到的绿它能做什么摆件，能卖多少钱，把利润加上去就可以了。

有些玉石原料上有镐口、断口或切口，用灯照绿得可爱，但就是不抛光，这样的玉料一定是裂纹太多，水不好，绿不正或绿内夹黑等原因，不敢抛光，一抛光缺点全都暴露出来了，遇到这种情况，可指出部位让他抛光后再出价。货主他是不敢去抛光的。

一块重 5 公斤的色料，有三分之一全是绿带，全部扒皮后能看得很清楚，但只在芝麻大小的范围内抛光，要价 500 万。我当时给最高的价 80 万，卖不卖？他不卖。谈到双方破裂。后来，一个广东人以 300 万买去后，一个香港人看了料之后，又从广东人手里以 500 万港币购买，广东人嫌赚得太少，于是自己加工打件，结果因绿内夹黑只收回 120 万，赔了 180 万。这种生意数不胜数，太多了。有时一砸就砸得倾家荡产。

玉料尤其是高档玉料，在未进入我国境内之前，货主一定要注意，在玉料上找玉时，会留下许多磨、挖、擦的痕迹。这些地方都是一些看上去有点天然的绿处，其实不然，这都是人为地用皮一样颜色的砂和胶巧妙地做了伪装的。倘若一块玉料上到处是可见的人工凹凸痕迹时，这时候就应该见多少绿给多少钱，这里你一定要考虑到的是，绿做成成品后的利润是多少，你才不吃亏。”

柯达听到这里，由衷地赞许王阳，“你除了做玉石生意老道外，你的口才也不错的嘛。”

王阳：“过奖，你过奖了。”

柯达看到王阳的脸上荡着一种憧憬的笑容，真是比较欣喜。他听许清大夫讲，这个王阳曾经自杀过，但在实施过程中都被护士们发现了，就没有死成，但他还是有一段时期想着法儿要去死。许清大夫就干脆夜以继日地看着他。后来他被许大夫的所作所为感动了，并向许大夫保证，不但要好好地活下去，还要活出个样子来给许大夫看，因为他知道，许大夫把他王阳的生命当作了自己的生命去呵护，去守护，他王阳如果不知悔改，不知好歹，那他真就白活了一场，那他最对不起的人可就是许大夫了。

10 天的时间很快就过去了。在柯达离开医院的一瞬间，他看到赶来送他的王阳脖子上挂着一个老坑玻璃种飘花如意的玉观音，柯达见此宝物也很开眼，他真诚地上前同王阳拥抱，握手说了句“再见了老兄，你多保重!”然后又小声地说了一句“你这个玉观音会保佑你平安无事的，看好了，别丢了，哈哈哈哈。”王阳双手紧紧握住柯达的手说，“谢谢柯医生，你在的这些日子里，给我们病友带来了快乐和希望，我代表全体病友再次感谢你！咱们电话联系吧。”俩人又痛痛快快地抱在了一起。

当柯达坐进车子里时，他看到王阳和一些赶来送他的病友们用举起的双手向他慢慢挥动着，他们中有的人在流着眼泪，柯达也情不自禁地流出了泪水。

柯达在这个三甲传染病医院一共住了 10 天。这 10 天里，他一共做了 7 件事情。第一，他竭尽全力为艾滋病病友的心理世界剔除掉了许多繁杂的来自外界和家庭之内的社会因素的干扰。

凡在这里住院的艾滋病人，他一个接着一个地交流，为他们排忧解难。

第二，他用冯婉妮寄给他的一些生活费用资助了一位病友做了一次微创手术，他亲自给这个病人做主刀。

第三，他带领艾滋病科的艾滋病人，只要能够活动自如的，那就坚持做他组织创作的养生保健体操，一天做 3 遍。

第四，柯达自身这种奉献式的生存表现，直接感染了王阳等一些病友积极行动起来，在病房里开展团结友爱、助人为乐、临终关怀等温暖的事情，让一些奄奄一息的病友临终之前能够少流一些泪水，少留一些遗憾，少一些苍凉之感。

第五，他亲自陪着一位病友去和他的一个阳性女朋友再去相亲。要不是柯达的极力撮合，这两个相亲相爱大约有 5 年的一对情侣很有可能因为女方的家人的极力反对而被搅散。

第六，他在 B 市把一个艾滋病感染者的深爱工作组介绍给艾滋病科的病友们，让他们相互认识，并聚会一次，大家聚在一起，共同探讨和解决感染者现在所面临的一些实际问题。

第七，柯达还受到邀请，前去给 B 市的一个民间关怀组织讲过 1 小时 40 分钟的课，说讲课讲座也好，说作报告和演讲也好，反正一听说柯达这个名字，这个民间关怀组织的小会议室里，一下子聚集了 100 多个 HIV 感染者和他们的一些家人，亲朋好友。

“他们一下子就都涌上来了，有的还不请自到呐。”看着满屋子的阳性人群，一位负责人这样无奈地说。

这场报告，柯达讲得很认真，很投入。他讲座的题目是，“无论在什么条件下——你都要信任自己的身体”。他开讲的第一句话就是：“人，一旦知道自己得病了，他的习惯意识就会立刻让他蛰伏、休止，不敢像从前那样欢实地活着了……”他的讲话后来就不断被阵阵响亮的掌声所打断，柯达耐心地继续讲着。最后，他提出，“我想请大家感悟自己的身体，解开死结，找到光明。重新来认识自己的身体，重新做出选择，重新再去追求。我希望大家撒着欢地活着，活着就有希望，就如一位艾滋病人常说的那样，‘有呼吸就有希望!’”柯达很快就在这个阳性人群的圈子里有了知名度，他同时拥有许多HIV感染者的好朋友，他已经成为艾滋病人一个比较直接、真诚、温和、知识渊博又很儒雅的好朋友。

讲到最后的时刻，有人就有问题向柯达提出来，“您能否跟我们说说抗逆转录病毒治疗现在都存在着哪些问题吗?”

柯达：“抗逆转录病毒治疗存在着诸多的问题，这一点大家也都非常清楚。我这里需要告诉大家的是，2008 年，国家已经对感染后进行的抗逆转录病毒治疗的方针和建设进行了更新，什么时候开始进行抗逆转录病毒治疗，要根据新的研究数目及所出现的治疗效果。这其中有建议感染者 CD4 细胞数目降到每微升 350 个之前，就可以进行抗逆转录病毒的治疗了。

对于 CD4 细胞数目在每微升 350 个以上的感染者，要综合考虑多种因素才能决定是否要开始治疗。比如说，感染者是否做好了接受治疗的心理准备？还有，感染者是否能坚持治疗？都要向医生咨询明白，也包括药物毒性以及治疗成本等，都要让医生讲出来，你好从多方面进行了解来决定你的治疗方案。另外，对一些心血管疾病的感染者，如果你的 CD4 细胞数目在迅速减少，你则需要和医生商量，希望医生综合考虑能否提前介入治疗。

最初的治疗阶段，医生都会因人而异，请大家不必忧虑。”

十五

问题1:“柯教授，可以通过献血或者输血来检验一下自己是否感染了艾滋病病毒吗?”

柯达:“献血是安全的，但输血是有一定风险的。能不输血则不输。2010年6月17日，国务院防艾办的有关负责人曾经公开在媒体上讲过，HIV病毒感染人体，一直到体内产生出HIV病毒抗体是要有一个过程的。这个过程所需要的时间被称之为‘窗口期’，在窗口期内，艾滋病病毒感染者的血液是检测不到HIV病毒抗体的，而这个窗口期大概需要2至6周的时间。这期间，处在窗口期的艾滋病病毒感染者如果去献血，既查不出他已经被感染的结果，又把带有感染HIV病毒的血液献出去了，尽管血站还有一些筛查的措施，但这也是一个大的问题，是世界性的问题。目前我们国家还没有办法解决这个问题。这个漏洞是不可避免的。所以防艾办的有关官员告诉大家，能不输血时就不去输，还是很有道理的……”

这是2010年9月的一天，在G省宁海大学礼堂里开办的由该大学聘请的客座教授柯达与宁海大学在校大学生的一次问答式讲座。宁海大学的礼堂是一个拥有1千多个座位的大礼堂。这一天的两个小时的讲座时间，礼堂座无虚席。甚至礼堂边的走廊里也拥满了站着听讲的大学生。他们不时地向讲座人提出一些需要了解的问题。

问题2："要是有高危性生活4到6个星期后，再去献血的话，能否查出感染了艾滋病病毒呢?"

柯达："一般在3个月以后去有关部门抽血化验就能得出检验结果，6周以后也可以，6周以后如果查出来的结果是阴性，就可以排除感染了艾滋病病毒。现在，我们周围有一些人为了检验自己是不是得了艾滋病，就不停地去献血，这是不提倡的事情。按道理讲，即使使用最先进的检测手段，也不能排除个别正处在窗口期的艾滋病病毒感染者。这是国务院防艾办的有关负责人在公开场合说的，这番话说得很实在，很真诚也很负责任。"

问题3："有了高危性行为，怎么才能判断或者知道自己是否被感染了呢?"

柯达："从受到艾滋病病毒感染到外周血液中产生了艾滋病病毒抗体的这一段时间，被称为艾滋病的窗口期，一般2到3个月，少数人可到4到5个月，这里很少超过6个月。窗口期计算应从行为之时或者是接受输血之日算起。比如说，如果一个人在1月1日发生高危性行为了，那么，这个人接受抗体检测的时间应该从1月1日算起到6周以后，也就是2月12日以后。"

问题4："老师，艾滋病人到底能活多久呢?"

柯达："在回答这个问题之前，我们必须先来分析一下艾滋病病毒。其实，一个健康人从感染艾滋病病毒到死亡一般可分为3个阶段。第一个阶段称为急性感染期的感染者。这期间，少部分感染者会出现类似流行性感冒的一些症状。比如说，发热、咽喉炎、皮疹、淋巴结肿大等，但在2到3周内，这些症状会自然消失。接着，感染者进入了第二个阶段，这个阶段称为艾滋病无症状期，约占从感染艾滋病病毒到死亡整个过程的80%的时间。这时期的病人被叫做艾滋病病毒携带者。这些人在表面上是健康的，与正常人没有什么区别，只是其身体内的免疫系统正在与病毒进行着无形的斗争。

“艾滋病病毒每天都在摧毁大量的免疫细胞，而我们身体的骨髓则加快速度生成新的细胞来加以补偿，但是，新的细胞的补充速度总是赶不上细胞损失的速度。在正常人体内，每立方毫米的血液中约有800至1000个免疫细胞，而艾滋病病毒感染者的身体内，每立方毫米的血液则以每年50－70个免疫细胞的速度逐渐下降，当免疫细胞减少到在1立方毫米血液中只有200个左右的时候，下降速度就会更快。感染者的无症状期持续的时间可长可短，少则可以是2年，多则可达到20年，其长短时间和感染途径也有密切的关系。一般情况下，经血液感染者为4－5年；性交感染者约11－13年。如果一个艾滋病病毒携带者的无症状期限达到了13年或者更长，那就是一个奇迹了，那这位艾滋病病毒携带者就可以被称为长期的幸存者了。

“当感染者体内的免疫细胞已经无法与艾滋病病毒抗争的时候，这就标志着感染者进入了感染期的最后一个阶段，称之为有症状期。这时候，感染者被称作艾滋病患者或者艾滋病人。这个时期的艾滋病人是非常容易受到其他疾病感染的，包括一些平时根本不会对人的生命构成威胁的普通传染病如肺炎等，一旦艾滋病病毒进入了肌体，那就会无法控制，一般就会在6至24个月内死亡。如果说艾滋病人能活多久地话，我个人认为，能够尽早地发现病症，就能够及时有效地得到治疗。我建议，当你感到了自己的身体出现了不适的症状，就应该尽早去进行血液检测，看是否需要治疗。”

问题5：“柯教授，能问一些别的问题吗？谢谢！您被感染了之后，想过自杀吗？”

柯达：“没有。从来没有想过轻视生命。说实话，我要是不想活的话，我会有很多办法。那个时期，我爱人把我看得很紧，生怕我自杀。后来我跟她说，我这个病就是一个死人的病，早早晚晚的事情。现在这个病还没有让我离开人世，那我就义不容辞地活着。活着就好，你想想，连死都不怕的人，他还能主动去寻死上吊吗？对不对？我爱人就鼓励我说，好，柯达，说得太对了！挫折就是一笔财富，不幸就是一种考验，其实，只要你活着，世界上最优秀的人还是你自己。之后，我爱人托人为我写了一个条幅，上面写道：上帝会抽身来帮你，首先你得帮自己。这个条幅就挂在我的床前，只要我一躺下，就可以看得到。”

一片雷鸣般的掌声在礼堂的宽敞明亮的上空响起来。

问题6：“柯教授，听说您感染了以后，工作都没有了，那您靠什么生活着呢？”

柯达：“这个问题是个共性的问题，也是个比较敏感的问题。这里我不便细说。但是，我可以告诉各位关心我的同学，时间是个真理，真理不爱听也是真理。我已经提前退休了，我除了有退休金做保障外，还有一个神经外科医学院聘请我去做客座教授，这是我的老本行。但我还在犹豫要不要去做。为什么？因为还有比这更重要的事情需要做，请大家原谅，这里就不便透露了。”

问题7：“艾滋病的传染性究竟有多大？”

柯达：“艾滋病病毒在实验室的室温下，游体环境中的HIV病毒可以存活15天，被HIV病毒污染的物品至少在3天内有传染性。近几年来，一些研究部门证明，离体血液中的艾滋病病毒的存活时间决定于离体血液中病毒含量的高低，病毒含量高的血液，在未干涸的情况下，即使在室温中放置76个小时，仍然具有活力，即使是针尖大小的一滴血，如果遇到新鲜的淋巴细胞，艾滋病病毒仍然可以在其中不断复制，仍然可以传播。那么病毒含量低的血液，经过自然干涸2个小时后，活力才会丧失。这就说明，病毒含量高的血液，即使干涸2到4个小时，一旦把其放入培养液中，只要遇到淋巴细胞，它们仍然可以继续复制病毒。所以说，含有艾滋病病毒的离体血液是可以造成感染的。但是，不论艾滋病病毒怎样见缝插针，这些病毒还是很有弱点的，它们只生存在血液和体液中，不能在空气、水和食物中存活。另外，碰到一些消毒液体，它们也会很快被消灭掉。因此，人们在日常生活中的接触物，比如说，握手、接吻、共同用餐、电话、门把手、便具以及接触的汗液、泪液等，都不会传染艾滋病病毒。”

问题8：“据一些消息说，艾滋病病毒感染群已经蔓延到青年学生中间，是这样的吗？很严重的吗？”

柯达：“我只能透露一些最近的疫情报告数字来回答你提出的这个问题。国家卫生部疫情报告显示，2010 年，联合国发布报告称，全球有 500 万青少年感染了艾滋病病毒。在 2008 年至 2010 年间，我们国家患艾滋病的性工作者从原来被感染的 44% 增加到 50%。性工作者被感染的几率越高，她们传播的几率就越大。这是一个不争的事实。

“2010 年，全国报告艾滋病发病人数为 15982 例，死亡人数是 7743 例，在国家历年法定报告的传染病中名列第一。从 2008 年开始到现在，艾滋病死亡病例已经连续 3 年居于传染病死亡的榜首。另外，全国艾滋病专项报告系统提供的数据显示，2010 年艾滋病死亡病例的人数是 2006 年的 10 倍之多。从近 5 年报告的艾滋病死亡的病例中，有高达 80% 的人就从来没有接受过抗病毒治疗。这 80% 的人他们会在未发病之前去再传播的，也许，他们中有些人根本不知道自己已经感染了艾滋病病毒，这就更危险了。

“因此，我在这里提醒各位大学生朋友，在男女恋爱的时候，在发生性行为之前，最好进行一次体检，包括性病、艾滋病病毒的筛查。这样对自己负责，对爱人负责，也是对家人负责任。”

问题 9：“我是医学部的学生，有一个问题要请教柯教授，现在医学界有一种说法，叫抗逆转录病毒药物治疗可以让尚未发病的艾滋病病毒携带者传染病毒的风险降低 96.3%，对这种说法，您是怎样看的呢？”

柯达：“对此，我也有些质疑。但只是代表个人的看法。

艾滋病本身不是一种病，而是一种无法抵抗其他疾病的状态或者说是一种综合性传染疾病。人不会死于艾滋病，而是会死于与艾滋病相关的疾病。由于患者的体质不同，那么就会导致不同的继发性疾病，临床上大致可以分为4大类型。

“首先说肺型。患者可表现为呼吸困难，低氧血症，胸痛以及胸部X线检查肺部有弥漫性浸润。最常见的致死性感染是卡氏肺囊虫性肺炎。此外，军团菌、隐球菌、弓形体、类圆线虫、巨细胞病毒均可以引起肺炎的。

“第二是中枢神经系统型。包括中枢神经系统感染，比如鼠弓形体脓肿、隐球菌性脑膜炎、大脑淋巴瘤等，因侵犯部位不同，表现为不同的中枢神经系统的一些症状。

“第三个是胃肠型。表现为腹泻及体重下降，严重者可出现吸收不良等恶病质。隐孢子虫是艾滋病肠道感染的常见性疾病，表现为慢性持续性腹泻，拉大量水样粪便，可以达数月之久，最终导致死亡。

“第四个是发热原因不明型。患者除了发热外，尚有体重下降、无力、全身不适等症状。某些病例可能有鸟分枝杆菌感染等等。

“就目前医学界有争议的药物治疗方面所出现的一些问题，比如第一个问题——联合用药治疗当中，虽然能抵制血液中的病毒载量到测不到的水平，但是要清除淋巴细胞巨噬细胞和神经组织内藏匿很深的病毒的确很不容易。第二个问题，服药期间的药物毒副作用越来越大，抗药性的毒株的传播也越来越严重。这就会迫使医生慎重考虑病人的治疗时机的。

“目前，我所了解到大致有下面几种主张。

“1. 已发展到艾滋病期的患者，无论 CD4 细胞计数及病毒载量的值高低如何，都应该进行治疗。

“2. 无症状者 CD4 < 200 × 106/L，虽然病毒载量测不出来也应进行治疗。

“3. CD4 细胞 > 200 × 106/L，但 < 350 × 106/L，病毒载量不高，患者无症状。此时的治疗现在医学界仍在争论是治疗还是不治疗。许多医生主张越早治疗效果越好。但我主张不用治疗。

“4. 无症状者的 CD4 细胞 > 350 × 106/L，病毒载量 > 55000 拷贝数，目前，大多数医生主张治疗。

“5. 无症状者的 CD4 > 350 × 106/L，病毒载量 < 55000 拷贝数，大多数医生主张继续监控 CD4 细胞计数。

“6. 间断治疗。有医生认为利用服药间歇期反弹的病毒刺激机体的免疫反应，使之保持高水平的应答，可发挥抗病毒期和免疫反应两个方面的抗病毒作用，同时，也可减少药量，降低治疗费用和抗药性能。但也有不同意见，对此，现在医学界正在进一步进行探索。

“7. 简单的化疗法。包括延长服药时间，以及减少药物剂量和种类，以此来提高药物对患者的依顺性和耐受性。

“据我所知，批准进入市场的抗病毒药物有 16 种，我认为整合酶抑制剂毒副作用较小，对抗药性病毒有抑制作用。动物实验显示用药后，CD4 细胞计数有所上升，病毒载量显著下降。

“好了。时间到了，今天就讲到这里。谢谢大家光临！

下一讲，我这个生活顾问跟大家讲一讲关于吃的不耐受问题。”

这是柯达应母校之邀为他的学弟学妹们举办的一次公开讲座，效果不错。这一天，校内网上出现了一些评语，都是一些很同情的评语，大学生们为柯达被感染一事在鸣不平。

下面记述的是柯达应陈远院长之邀，在自己的母校——医学部的一次《关于吃的问题》的问答式讲座。

柯达：“首先，我说一个基本事实。大家都知道非洲人的人种性情都比较活跃，他们得艾滋病的人非常多。比如南非，每天大约有500人以上被感染艾滋病病毒，这个数字还在不断地递增。非洲人喜欢吃猴子，猴子身上就有艾滋病病毒，并不都是因为性的问题而感染艾滋病病毒。同样，在吃的问题上，也会引起艾滋病或者艾滋病病毒感染。

“2003年的SARS病毒，是由广东人吃果子狸引发的，是不是因为广东人吃了果子狸就把SARS病毒通过空气传播到了北京、上海？这一点，我现在还没有看到有关证实的消息。但至少北京人和上海人，他们都没有吃到果子狸，但北京和上海SARS病毒就都产生了。

“后来，我又看到一份资料，说当时有山西人也是在广东被感染了，然后把病毒又带到了山西，后来又传播到了内蒙古等地。

“前些年，有一个问题反映到了国家有关部门，说我国南方有一个N城市，饮食流行吃女人流产下来的死胎儿，人们把流产下来的胎儿块洗干净后，就上锅蒸着吃，还很好吃。那里的人们为什么觉得这个东西就好吃呢？因为李时珍在《本草纲目》里提到过胎儿比胎盘更有营养一说。结果，据N城疾控中心2006－2007年的统计结果显示，N城新增艾滋病和艾滋病病毒感染者3057人，其中艾滋病病毒感染者为2158人。该数字在当时全国几百个大中城市中显示的感染概率是最高的。

下面是大家的发言时间。大家可以提问题。好，那个举手的同学，你有什么问题?”

学生：“老师，你刚才说的胎儿事件和新增的感染率有关联吗?”

柯达：“不一定有。但当地有关专家做过一项调查，凡是新增的艾滋病病毒感染的人群中，40%的人都吃过死胎儿，据他们自述，多的几乎一个月能吃上2到3次，少的一年也能吃过十几次，因为N城的各个大中饭店里就有这么一道胎儿菜。”

学生：“那他们真是活该了，连人胎都敢吃，这就是人类无休止的索取造成的一种惩罚吧。”

柯达：“说得有一定的道理。实际上，我们人类现在要做的事情太多了。但最需要做的事情就是保护好身体尽可能不要把身体全面向市场开放，流传什么有营养，就拼命去吃什么。当然了，生活好了嘛，应该是想吃什么就吃什么。但是有的东西本不该吃的，你却吃了，那你就是把一些病毒吃到了自己的身体里面。比如，胎儿菜，那是从母体里产生的。这位母亲怀孕时是不是感染了艾滋病病毒？或者她就是一个艾滋病人？谁都不清楚，但她的血液、体液中的病毒可能是存在的。”

学生："您平时都吃些什么呢？"

柯达："食堂的饭菜是我的核心饮食。另外我提倡和主张喝牛奶喝酸奶。

"中医认为，牛奶有补血、补虚损、益肺益胃、长筋健骨、安神益智、生津润肠等功效。

"晚上临睡前喝一杯牛奶，能助你的钙吸收，又可防失眠。因为牛奶中含有一种叫左旋色氨酸的物质，可使人很快进入安眠状态。

"此外，喝牛奶可以抗感冒。牛奶中含有一种吸附在流行性感冒病毒上的高分子物质，它会使病毒的构造在短时间内遭到破坏，从而丧失感染能力。

"酸奶也是一种很好的饮品，酸奶中的胆碱含量较高，有降低血液中胆固醇的作用，还可预防血管硬化。酸奶中的三羟三甲戊二酸对肝脏制造胆固醇也有抑制作用，非常有利于降低胆固醇。我希望在座的同学把我的这一点体会转达给你们的父母双亲，让他们保重身体，健康长寿。"

学生："老师，我们有时候吃饭太快好不好呢？"

柯达："吃饭太快不是一件好事，很多的病都是跟吃饭太快有关系。吃饭千万不要太快，吃快了，会导致胃肠中的生化之气不和谐。久而久之，就会产生积食、积郁、积滞，人就开始生病了。比如，吃太热的太快了，就会造成胃热，你就会出现一系列的上火症状，像口干、口苦、口舌生疮等。吃过凉的食物太快的话，会造成胃寒，大多数的慢性胃病，都跟胃寒有关系。人们常说，吃饭要细嚼慢咽，慢慢咽到胃里，慢慢消化，慢慢吸收。新陈代谢通畅的话，人就不太会生大病的，这是很有道理的。”

学生：“老师，我们都很爱吃肉，这对未来的健康有好处吗？”

柯达：“先说猪肉吧，猪肉的药用功效是它能够提供优质的蛋白质和必需的脂肪酸、有机铁和促进铁吸收的半胱氨酸，能改善缺铁性贫血。但猪肉性偏寒。你要是有缺铁性贫血，你就吃猪排骨。你要是病后想提高机体抗病能力，你可以吃牛肉。寒冬腊月时，吃牛肉可以暖胃。羊肉可以用来益气补虚。中医认为，羊肉可以补肾壮阳，适用于男性公民经常食用。兔肉也不错，富含一些卵磷脂，经常食用的话可以保护血管壁，阻止血栓的形成。狗肉内含有维生素 A，维生素 E，维生素 B2，氨基酸以及铁、锌、钙等微量元素。驴肉和鹿肉也都不错，特别是鹿肉，性温和，吃点鹿肉对神经系统有良好的调节作用。

“我建议大家平时多吃点牛羊肉、狗肉、兔肉，你们正年轻，多吃肉只能说明身体需要，对健康而言，影响不大。好的身体，如果再保持得好，长命也会百岁，不好的身体，可以后天修补。养生食补是一个方面，平时注意又是一个方面。

“比如，你怎么样养护自己的肝脏呢？我告诉你们，只要把眼睛一闭，就能养肝，因为肝主目，经常关闭一下眼睛，你的肝脏就受到了保护。”

学生：“柯老师，在什么情况下，会涉及我们的健康问题？”

柯达：“会有很多情况和原因，我这里就简单地举一个例子，上网问题。大家也都知道，很多人上网渐渐成瘾，这跟吸毒是一样的道理。我们医院曾有一位同事，他的孩子曾经是海滨市的高考状元，考入了清华大学，这是个好事情吧。可是大三的时候，这个清华大学的学子被勒令退学了！原因是上网玩游戏成瘾，为此耽误了学业。他的父母为此愁白了头，才40多岁已经成为白发苍苍的一对老人。这个学生被学校开除后，又打了两年游戏，后来就精神失常了。我这里也不用多说，恐怕在座的每一位都打过游戏。游戏是可以打的，做一些休闲，消遣和放松也不无好处。但整天坐在电脑前这么打下去，就不能提倡了。打游戏超过两个小时之后，你的精神气就要散了，这跟思虑过多神就散了是一个道理。我建议大家能不玩游戏就不玩，玩下去你的身体会出现很多精神方面的障碍。”

学生：“老师，我有时吃点东西，就感觉不舒服，比如说，我吃鸡蛋就觉得头总发晕，手脚肿胀，这是什么原因呢?”

柯达：“如果总是出现这种不舒服的感觉的话，这大概是因为你对鸡蛋不耐受了，也就是说鸡蛋这种食物你不耐受了，你就应该调整饮食，既要避免不耐受食物，又要对含有不耐受的食物成分的各类食物避免去吃。比如说，你对牛奶不耐受，那所有含奶制品的食物，像冰淇淋，奶油类食品都不能吃。等过一个时期，不耐受的食物对身体营养有需求了，就说鸡蛋吧，想吃了，偶尔少吃一个或半个，我说的是偶尔补充一下，也是可以的。食物不耐受会导致皮炎和食物过敏还有风疹，血管神经也会出现水肿或红斑。我这里有个统计数字，现在因为食物不耐受而引起人体出现不同程度的不良反应的人群大概有50%，所以，食物不耐受就要求我们每个人在饮食上应该引起注意，已经不耐受了，这种食物应当少吃或者不吃，或者用别的食物来替代着吃，好吧。

“总之，《关于吃的问题》，我还有几句话想说：

“就是我们吃的东西都不要多食，人常说，饭只吃到八成饱，如果你吃得太多，会加重脾胃的负担，脾胃如果负担重了，那它们就会上心脏那儿要夺口气了。为什么说你吃得太多，暴饮暴食，会使你的心脏很不舒服呢？原因就是心气不足导致的。因为你们还年轻，多吃一顿少吃一顿没关系，同学们，还是慎重点儿吧，现在老年人的疾病同样在年轻人身上也体现出来了，高血压、糖尿病，还有一些老年人不得，年轻人得的病，叫情志病。关于情志方面的问题，我下一堂课咱们再讨论。

“这堂课快结束之前，有一句话送给大家：欲不可强求。意思是说，如果没有欲望却要勉强行房事地话，人就会出现腰疼、惊悸、阳痿、腹痛等病症。古代的房中术也提到过，如果阳痿以后通过服用壮阳的药物再帮助行房事地话，后果会不堪设想。弄不好，人会突然把性命丢掉了。我跑了一下题，主要是为下一堂课做个铺垫，有问题我们再聊吧，大家再见！”

陈远院长向医学院的同学们介绍柯达时，称柯达为大家的学长、客座教授、特别顾问。很多同学都知道柯达被感染了，这是他们母校的一大不幸，一大遗憾，一大痛苦，一大悲哀。当年柯达是母校的一大骄傲，一个标杆，一面锦旗。

在同学和老师中间，柯达给大家留下的印象是，这个人有大海般宽阔的胸襟，而且颇能为他人着想，为人处世具有大家风范。现如今，柯达被感染了，这个学校的校风变得更宽容了，医学院党政领导班子一致同意把柯达聘为学院的客座教授和特别顾问。只要柯达有时间，有空闲，院里随时会安排他讲座的时间。年轻人在大学中的确需要一个像柯达这样博学多才的医学专家和生活顾问给管着，给教育着，给影响着。凭着对柯达的稳重及成熟还有人格的魅力以及知识的渊博的了解，陈远认为这个客座教授和特别顾问，他柯达是一定胜任的，是不成问题的。陈远院长做出的这一创举，也是开了G省宁海大学医学院建院以来的一个先河。在陈远院长的心里，只要柯达还活着，这个客座教授和特别顾问的位置就这么给柯达一直留着，留下去。

十六

这是2010年的夏天，怪事不断。有的人感染了HIV，想方设法要藏着，掖着，生怕这一隐私被抖搂出去，大白于天下。有的人真是反常，自称自己出现了类似艾滋病急性期的症状，一条道跑到黑的这类人就认这个死理，就认为自己感染了艾滋病病毒或叫不上名字的所谓未知病毒。这些人在网上闹腾得很厉害，一下子就惊动了全世界全社会，从而引起了国家卫生部的重视。于是，反应最快、最有工作效率的中国疾控中心开始着手调查工作。他们招募并调查了80名自愿接受调查的“自述疑似艾滋病病毒感染者”，结果表明，该人群艾滋病抗体检测为阴性。可笑的是，这类人群对此结果还是质疑到底，没有办法，中国疾控中心又将采集的血液标本送至美国的相关实验室进行病原学检测，结果还是艾滋病抗体为阴性。接着，“阴性艾滋病”这个新名词向公众露面了，这怎么解释呢？媒体见诸报端的解释为，所谓“阴性艾滋病”是指自称染上了病毒者，普遍都有与艾滋病感染极为类似的症状，但经多次HIV检查都仍显示为阴性，临床报告显示他们是“无明显的器质性病变”的患者。

后来，卫生部在全国16个省市的大中型城市中又第二次展开了系统性地流行病学调查工作，这次抽查了40多人，其中包括第一次抽查过的15个人。结果表明，调查对象分布于不同的市、县，未呈现聚集性，也未发现调查对象之间存在共同的体征和互相传染的情况，没有临床、实验室和流行病学证据支持该人群患有某种传染性疾病。再后来，卫生部新闻发言人表示：“阴性艾滋病”只是恐艾症状，说到底是心病，是艾滋病恐惧症。有这种心理的人经常伴有焦虑、抑郁、强迫、疑病等多种心理症状和行为异常的心理障碍。如果一个偏执型人格的人，他认定自己有病，那么即使检查结果正常，他也会认为检测机构能力水平不行，或者存心对他有隐瞒。他会再找上级卫生部门再次检测，他就是不信，他会用各种证据来证明自己有病。

柯达为这种病人的“穷折腾”很是着急。因为他知道，这种人群内心充满着激烈的冲突，他们大多数人都有过婚外性行为，轻者为疑病症，就是总在围绕着自己有病来寻找证据证明自己认为有的病症。重者则表现为偏执精神病，他不相信任何人，不相信任何检查结果，医生你再重复百遍对他也是没有说服力的。对这类病人，柯达认为，要尽快帮助他们打开心结，他们到底经历了些什么？都曾经在哪些事件的冲突中又发生了心理冲突？让他们陷入了“恐艾”的迷思迷想之中却还执迷不悟呢？

于是，他马上想起了陈远院长，随后电话直接就拨了过去。

陈远院长在电话里听到柯达的声音，感到非常高兴。人的声音底气足，从气道中出来十分有力量，说明这个人的心和肾相交了。心为火，肾为水，在道理上讲水火不能相容，但对一个人的身体来讲，心为阴，肾为阳，这阴阳在一起是顺理成章的，是顺天意的。柯达的声音很瓷实，没有掺杂弱不禁风和嘶哑的音调，说明柯达现在很健康，他的心火下来了，那肾气肯定是上去了。陈远院长对电话那边的柯达鼓励道，“我听到你的声音很不错的嘛，你身体状况怎么样？”

柯达：“每半年做一次检测，情况比较稳定。”

陈远：“好事，好事，天大的好事情啊！”

柯达：“陈院长，听说你也是‘阴性艾滋病’专家调查组成员之一，能否跟我说说对那些‘恐艾’的人最后一次检查的情况吗？”

陈远：“小柯，你想做什么呢？”

柯达：“我想帮帮这些人，他们都‘恐艾’嘛。”

陈远：“噢，我明白，明白。是这样。这次我们这个专家团队对这些自述感染者都进行了临床观察和病原体的检测，这些人平均年龄34.2岁，很年轻的。此次检测包括病史采集，临床医生病理检查，还有前一次的检查结果也复印下来作为参考。那么，临床检测包括常规、生化、免疫学、风湿、X光检查等项目。因为自述者说他们关节总是响等问题，我们对他们还进行了关节和双膝关节检查。

“在病原体的检查中，对他们进行了淋球菌、EB病毒，也就是人类疱疹病毒在内的6种病原体的检查，这主要是针对这些自述者的白细胞、血浆、男性前列腺液、女性白带、唾液、尿道拭子等7种类型共258份样品来进行的。这次检查非常之详细，并非仅检测血液。这次检测，我们还采用了核酸荧光 PCR 的检测方法。”

柯达：“结果怎么样？”

陈远：“检测结果显示，这些来自 16 个省市的 60 名自述疑似艾滋病病毒感染人员，白细胞 HIV 核酸荧光 PCR 检测都是阴性。另外，60 人中检出病原体阳性患者数有 48 人，就是说有 8 成患者检出病原体阳性。这 48 名阳性病原感染者中，EB 病毒检出阳性共有 33 人，占 68.75%。”

柯达：“陈院长，这些病人有传染性吧？”

陈远：“EB 病毒不是新病毒，但也不是中国法定的传染病，所以 EB 病毒还不算传染病。”

柯达：“这些病人现在的状况怎么样？他们对这个结果认可吗？”

陈远：“这些病人中有 12 个人自愿接受心理测试，其中疑病症有 5 人，焦虑状态和轻度抑郁的各有一例。心理异常的有 7 例。总的来说，这些病人没有感染艾滋病病毒，但他们都有不同程度的疾病，有不洁性行为传染上的，但却在白细胞中潜伏存在下来，并影响他们体内相关的免疫功能，最终形成了他们表述的那些症状。比如，淋巴肿大……其实就是事实，他们认可不认可不重要了。那是他们人格的问题。”

柯达：“陈院长，我就想为他们做点事，能告诉我他们现在住在哪个医院吗？”

陈远院长最后叮嘱柯达：“这些人比较偏执，不信任人，不相信人，你得想出一些办法。我就祝你好运吧。”

柯达：“放心吧，导师。人们都有绝望的时候，有绝望感就会给自己的身体滋生出诸多负面的暗示，这些暗示最终鼓励人去慢性自杀。我就想把这些道理讲给他们，帮助他们重新建起新的希望。”

柯达找到这个病人小毕的时候，他已经数日出现了睡眠障碍，但他精力却出奇地旺盛，不知疲倦，目空一切，傲慢无礼。甚至有躁狂状态，有时暴跳如雷，怒不可遏，伤人又伤物。

小毕不狂躁的时候，他的脑子也是浮想联翩，言语增多，滔滔不绝，口若悬河，而且手舞足蹈，绘声绘色，背诵诗词歌赋出口成章，常常逗得病房里笑声不断。

小毕特别好管闲事，在病房里主动干活，忙来忙去，像一个领导者到处向人提建议，但又常常有始无终，虎头蛇尾，不服护士管理，不接受护士批评，还经常向女护士调情。

同小毕认识的病人小吕跟柯达说他最初不是这个样子。大家在一起谈身上出现某些症状的问题时，小毕很清楚自己的疼痛表现是在哪里。他最突出的问题是关节疼痛而且还响个不停，淋巴也肿大。他最先提出的问题是，我既然多次检测都是阴性的话，我身上现在的表现那就是未知病毒。尽管医生、专家、学者、教授都曾经跟他做过耐心的解释工作，也说过 EB 病毒叫“接吻病”，是完全有可能通过唾液传染而来，并在白细胞里潜伏存在，你时常会出现的一种疼痛症状，就是因为这些潜伏的病毒时常使你的免疫功能发生变化，你的这些症状才会出现。反反复复地耐心劝说，小毕还是不信，坚决不信。后来结论摆在他的面前，他还是不停地说一些疯话，还是不相信自己的病并非感染了艾滋病病毒，仍然四处打电话找人求医。他电话上滔滔不绝地向对方叙述着自己身体的反映情况：恶心、吞咽困难、反酸、胀气、腹痛、心悸、胸痛……

柯达认为小毕目前的状况是在躯体病后自我暗示或对身体过分关注而造成的这一种紧张。小毕的临床医生也同意柯医生的判断。他说："小毕是个敏感、多疑、主观、固执、谨小慎微的人，他描述自己的病时又形象逼真，又生动具体，好像他真的就是HIV病人，实际上病变并不存在的。他的疑病症，强迫症还有些躁狂状态的表现都出自于他所处于的这种紧张、惊恐、过度亢奋。小毕的主治医生现在正就他的一些临床表现对他进行'放松疗法'治疗。"柯达遂与负责小毕的安医生一道商量，他把一些治疗步骤、想法综合起来介绍给了安医生。安医生听后觉得很有道理，就说："我试试看。"

在医院康复中心的一个诊室里，小毕在安静整洁的沙发里面舒适地靠坐着。光线非常柔和，没有任何噪音和干扰。小安大夫指导着小毕："闭上眼睛，现在我们开始体验：紧张—放松—双手—双臂—脚—下肢—头部—躯干，集中注意—肌肉紧张—保持紧张—解除紧张—肌肉松弛……"

柯达看到安医生的这种放松训练方法，他知道这是很多心理疗法在治疗过程中不可缺少的一个内容和步骤，它与气功、太极拳、瑜伽术、日本的坐禅等疗法大体相同，都是通过调整姿态、呼吸、意念而达到松弛、安静、自然而然的放松状态。其治疗原理是，放松状态下大脑皮层的唤醒水平下降，交感神经系统的兴奋性下降，机体消耗能量减少，血氧饱和度增加，血红蛋白含量及携氧能力提高，消化机能提高。达到调整机体功能的治疗效果。但对小毕这类比较有严重心理障碍的人是需要时间的。征求安医生的意见后，柯达又一次得到了同行的支持。在一个周末的清晨，他和年轻的安医生一同陪同小毕去了郊区的一个风景胜地——东湖风景区。

他们同小毕肩并肩地在湖边游走。29岁的小毕非常兴奋，他看着波光粼粼的湖面，笑着对安医生说："太好了，简直太好了，我就住在这个城市，也知道东湖怎么怎么美，这还是第一次来，真是秀色可餐哪。"

柯达注意到小毕由于激动和感慨，肢体语言表现出一些怪异行为，把裤腰带解开又扣上，把扣都解开，又都一个一个地扣上，解开。

柯达："小毕，我介绍我……"

"不必了，安医生不是说你是他的同事吗，我记住了，你是什么科的医生?"

"我是外科大夫。"停了一下，柯达索性告诉小毕说："我是……我是艾滋病病毒携带者。"

"哎呀妈呀，安医生，嗨，他怎么能这样吓唬我呢，太不人道了吧。"小毕顿时显得手足无措，显得非常紧张。他四处环顾着，眼珠子紧张地转来转去，很无助，肢体表现的意思是需要安医生来救救他。

柯达："小毕，你别害怕，我不会传染你。"

安医生："别怕，小毕，柯医生骗你呢。"

小毕："哎呀妈呀，我都这样啦，还骗我干什么呢?"

柯达："小毕呀，你怎么这么胆小呢，小时候就胆小吗?"

小毕："呀呀妈呀，我小时候胆可小了呢，站在1米高的凳子上就是下不来，急得我嗷嗷直哭，就是没有人搭理我。”

柯达：“家里没人抱你下来吗？你爸你妈呢？”

小毕：“我哪有爸哪有妈，我是在辽宁一家孤儿院长大的。”

说这话时，小毕差点哭出来了。

柯医生和安医生一听这话，相互间看了对方一眼。他们都很吃惊，他们谁也没有想到，这个非常坚定地认为自己身上有病毒的年轻人，原来是个孤儿。

小毕的身世让柯达想起了自己。他们都是在孤儿院长大的。柯达一想到孤儿院，他平静的内心又掀起了涟漪，重新复原了那差不多已经快被忘却的记忆。

柯达是在福利院的磕磕绊绊中长大的。小时候的事情，柯达记得已不太清晰，但是记得福利院院长柯英妈妈说过，那是一个夏天的早晨，她照常下楼去开福利院的大门时，发现一个小包裹被放在门口的两个对开的门缝中间。小包裹里面的婴儿那双闪闪发亮的眼睛让柯英妈妈马上明白过来，这又是一个被遗弃的婴儿。她抱上包裹一口气跑到了办公室，打开一看，又惊又喜的她马上把自己的嘴给捂上了，上帝啊，这么好的一个孩子，怎么会忍心把他送到这儿来呢。再仔细一看婴儿的腿根部，长出了一个小小的小手不是小手，小腿不是小腿，小脚又不是小脚的肉瘤子。包裹里面除了这个下身赤条条的婴儿外，柯达的父母再没有留下任何东西，连一张字条都没有留。

柯达从小性格很是温顺，不爱说话，生气和不高兴的时候小脸儿涨得通红。他在上小学之前被柯妈妈带到这个城市的儿童医院，把那个一直妨碍柯达走路的多余的肉瘤子给切除了。柯达开始会走路时，一直就像个小鸭子，摇摇摆摆，一晃一晃，经常被不起眼的东西绊倒又自己不声不响地爬起来。柯妈妈觉得这个孩子太柔弱，不像个男孩儿，就叫他柯达，谐音是磕打磕打，这孩子就会慢慢地结实起来，硬实起来。柯达这个名字就是这么来的。

柯达上高中的时候，才离开了福利院，离开了柯妈妈。他考取的是这个城市最好的高中，并在学校里住校。但每个星期天，他都要回福利院看望柯妈妈。能和柯妈妈在一起吃饭，坐在她身边跟她聊天，是柯达感到最幸福的事情。这位柯妈妈给了柯达以无尽的耐心和关爱，给了柯达无尽的绵绵的慈母爱心。就在柯达大学四年级的时候，不幸的事情传来，柯妈妈突发脑出血离开了人世。这对柯达的心灵是一个很大的震撼。听到这个噩耗的当晚，他有一种无望和悲戚之感，那一个凄厉的夜晚，柯达在寝室里蒙着被子抽泣了一整夜。他觉得自己不仅是从此失去了这份母爱，而且是失去了一个其乐融融充满关爱的世界。他在柯妈妈的身边长大，他处理事情的方式，思考问题的方式，还有对生活的一种积极的心态，以及善良、宽容、友爱、还有坚定的信念等等统统来自于柯妈妈的言传身教。柯妈妈怎么就走了呢。柯达很难用言语来形容当时柯妈妈这一走，自己所遭受的打击和心中的伤感有多么的巨大。

柯达清晰地记得他上大学之前，柯妈妈嘱咐过他的那些话，“柯达，医学永无止境，你是医生，就是病人的靠背，一个人把身体交给了你，就等于把他的生命交给了你，你要用心医好病人，别给柯妈妈丢脸哟。”

想想柯妈妈，柯达的心里就很不是滋味。他在最困难的时候想得最多的那个人，就是柯妈妈。

柯达同小毕长谈了一次。他跟小毕讲了自己的身世，小毕也讲了他的身世，讲着讲着，小毕就哭了，哭到更伤心时，他就张开大嘴开始哇哇大哭。柯达就由着他在那痛哭一阵。等小毕哭够了，柯达才对他说，“小毕，想不想为自己有一个长远的考虑?”

小毕:“怎么考虑呢?”

柯达:“有句话说得特别好，没有治不了的病，只有治不了的人。我帮你分析一下你的问题出在什么地方，好不好?”小毕说:“好，你说说看”?柯达说:“小毕，我是一个医生，我读书读到了快11年才拿到了医学博士文凭，算是读到了头儿了吧，但是，往往一个医生是看不好自己的病的，为什么呢?小毕呀，你比我们都厉害，你能给自己断病，什么阴性艾滋病，好嘛。其实，连医学常识你都不懂，你怎么知道自己得什么病了呢?那么多的专家运用了那么多次的初筛试验，复检试验，还有免疫荧光试验检测，人家专家能做到的都做到了，尤其像P24抗原检测和病毒核酸检测，那已经是采用的世界最先进的科技手段了，质量方面和技术方面都是非常准确的，可你就是不相信，不信任任何给予你帮助的人。你只给自己暗示，暗示自己身体不舒服，有些反应就是艾滋病初期的反应等等。同时你自己也有过很多次性越轨行为，你就顺着这种暗示积累成‘疾’，情不自禁地就把自己推给了疾病——阴性艾滋病，我说的对不对?

你的的确确是有疾病的，但不是艾滋病。你现在已经知道了你感染的是 EB 病毒，这不是艾滋病，也不是传染病。这种病是由于你有过分的性行为而被感染的，这是可治的病，不是绝症。可是你还是不相信，还在四处求医，还在四处折腾，在网上发帖子等等。那么多的人都在认真地帮助你，你却视而不见，还在折腾，非得要去得这个阴性艾滋病不可。别人都说你是一个精神病，我也说你的精神不太正常，你也得承认你是不太正常。你这样的表现就是一个偏执狂的表现，主观、固执、自负、敏感多疑，你要执意让这些表现发展下去，就会真正得一种叫偏执性精神病，但这些病也是可治的，能治好。

小毕，我现在看到了你身上的一些问题，是你不会去善待别人，你也不会善待自己，更不会善待你自己的身体。身体也是人的身体，你作为一个人，你如果对你自己的身体有帮助的话，你的身体就会越来越好，反之，只能越来越糟糕。小毕呀，我觉得你太累啦，你自己总是这样瞎折腾下去地话，你会把自己累死的。”

柯达对小毕很是怜悯。小毕虽然也是在孤儿院长大的，但小毕没有他这么幸运，柯达有柯妈妈帮衬着，可小毕就什么都没有。

小毕从小缺乏教养，做任何事情都由着自己的性子，不知天高地厚。在他幼小的心灵里面，他只知道他不霸道，就有人骑在他的脖颈儿上拉屎，他不狠下心来，就有人欺侮他，他不自私，就没有饭吃。小毕最初就是一个能打、能闹、能砸、能抢、能偷的走街串巷的小混混，小地痞，小流氓。他小学没念完就被学校开除了，原因是他偷了小同学的一辆自行车，天天旷课，在大街上骑着玩。长大之后，小毕跟着一个从小在一块混的哥儿们去深圳做起了生意，从此小毕有了钱。后来他结了婚，又离了婚，再结婚，再离婚。小毕心里就有了痛恨女人的心结。其实，小毕的婚姻大多数是女方受不了他放荡不羁，受不了他低劣的品质，受不了他的自私自利，自负自傲，损人利己。受不了就离呗，小毕对此一副无所谓的样子。这样看来，小毕就是这么一个缺少自尊的人，就是这么一个缺少人用心去爱、缺少人关怀的一个人。他不自爱，也不会试着去爱别人。别人越小瞧他，越藐视他，他就越发变得孤僻，神经质，以致发展到情感淡漠，怀疑一切，成为一条道跑到黑的偏执性格的人。小毕是脆弱的，别看他喝酒打架据理力争，人模人样，可是他心理是脆弱的，无助的。他最后寻求到一种刺激开心的事情，就是经常在网上发布最快最敏感的消息，还可以在网上聚集网友煽动一些事件，以此来让大家关注他，这种人如果没有人来制止他，没有人来教育他，没有人来关心他，没有人来帮助他，他很有可能在今后的一段时期内病情会发展到精神分裂。他才29岁，他的前29年是在紊乱中度过的。柯达希望小毕以后的29年甚至更长的时间里，做一个对社会有用的人，做一个对自己负责任的人。

在小毕恢复状态的这段时间里，柯达一直做着小毕的思想工作。小毕后来想通了一些，他认为柯达是他这一辈子对他最好的唯一的一个亲人，一个亲大哥。这位亲大哥不嫌弃他没有文化，不嫌弃他这种不招人喜欢的性格，还不怕麻烦要把他带到G省和他同在一个屋檐下生活。这真是打着灯笼都难找的天上掉馅饼的好事情，弄得小毕兴奋得几天都睡不好，吃不好的。他就寻思，这个亲大哥为什么会对他小毕这么好，简直好得不能再好了。

卖掉了生意铺面，小毕果然就跟着柯达来到了G省省会。没用多少天，柯达就给小毕找了一份有吃有住的工作——在秦海大酒店做保安。柯达送小毕上班的第一天，就告诉小毕，我就是你亲大哥，你要认我做亲哥，你就在这儿好好干活。

这下小毕果然洗心革面变成了另外一个人。他在秦海大酒店做保安做了一年，就当上了秦海大酒店保安部的经理。第二年，他又结婚了，嫁给他的那个女人是秦海大酒店客房部的经理。

小毕的事情，让柯达感到，凡是进入到阴性艾滋病中的人，大多是特别爱计较，自我中心意识比较强，性情急躁，疑心病重，而且人际关系不是很好，又不缺钱，意志力强并且是精力无比充沛的一类人。这类人比较有霸气，好强不服输，霸道不讲理，又非常有自尊心。导师陈远教授给柯达之前推荐了两个阴性艾滋病人供柯达了解，一个是小毕，另一个是E市某企业集团董事长何言。

柯达的G省距何言所在的E市有1000多公里。柯达第一次打电话给何言的时候，何言就不耐烦地说，“你怎么会知道我的手机号码？你是谁？”没等柯达说话，何言那边已经把手机关了，再打，就不通了。柯达就想，何言这个人的确如陈远导师所说的那样不好接触，特别霸道，不把任何人放在眼里。但柯达也没有打退堂鼓，他坚信，像何言这样的能坐到董事长位置上的人，一定是一个流自己的汗，吃自己的饭，不会接受别人对自己有任何施舍的人，也可能是个外冷内热的人，只不过有点自视清高罢了。陈远老师说，这个何言是一个最早提出阴性艾滋病的带头人，在那段时间里，这个何言有点处心积虑，他主要是在网上不让自己失去一切机会，对阴性艾滋病发表高谈阔论，很有煽动性。搞得一些专家在该“断”的时候，显得犹豫不决，以至于错过了一些时机，致使后来的局面变得更为复杂了。有人曾追问原因，他都振振有词地为自己辩护。

陈远教授对柯达说，“你是好心，面对这样复杂的个别人群，敢于临危受命，出于一种社会责任感。但这个何言我建议你还是不要去碰他。本来你是出于一番好心，但这个人未必能理解和接受，弄不好，可能会适得其反。也不知道这个何言到底是要发泄个什么心中的不满，都扯到艾滋病上面来了。

陈远导师还说：“告诉你柯达，这个人一定是受到了多年的压迫，又不向潮流和恶势力低头，现在终于有机会可以发泄了，给我的感觉就是这样子的。”

柯达对陈远导师的判断是佩服的。在以后的接触中，柯达了解到何言真就是被他所居住的那个城市的有关官员足足压迫了5年。这5年间，他由一个规模不算太大的中型企业负责人经地方政府一个官员的大力扶持一跃成为一个在当地赫赫有名的企业集团董事长。但是，这位官员为了突出自己的政绩，指令何言把一大部分资金投入到政府的一些安居工程中，工程上马后，何言就陷入了资金紧张的状态。他想抽身都抽不出来，后来，那位官员调走了，工程便被搁置下来，但何言的80%的资金一直被套在这项工程里面，他有苦无处去说，有气无处去发，就总是在集团开会时大发雷霆。集团董事会对他发起了不满攻势，股东们对他也是意见满腹，已经决定要把他从董事长的位子上拉下来换别人了，何言的情绪糟糕透了。股东里有一位名叫冯凯的人当着众股东的面直接斥责他："何言，你这个人太世故，只对有钱有势，有地位的人感兴趣，对我们却嗤之以鼻，你做事情虎头蛇尾，缺少规划性，缺乏战略思维，大家要换你也是大势所趋。再者，你这个人性情较为急躁，脾气也较为火暴，已经严重影响了集团的形象和内部的和谐，建议你休整一段时间吧。"而就在他被强迫休整的这段时间里，何言就开始把自身所出现的不适感统统理解成了阴性艾滋病，他开始快速地大口大口地吸烟，他的焦虑情绪已经达到了最高点。柯达是通过小毕的介绍才得以与何言通电话的，通电话时，柯达意识到，何言已经病得不轻了，况且他的偏执已经到了谁也信不着的程度了。柯达当时听着何言胡乱说着疯话，他还听到何言的老婆在埋怨何言："你看你太不像话了，你怎么忘了掸掉烟灰？你就不怕把这个房子给烧着了吗。"听到这些，柯达感到心都在痛。往往就是这样，一个人，一个正常的人，打拼了一辈子，在一定时间段里，会出现这种现象：心里有很多的劳累、焦虑、郁闷、痛楚以及压力无处去诉说，也没有人闲下来听他滞积已久的倾诉。久而久之，他的情绪便出现了焦虑，他的自信进而转变为自卑，经常会言不由衷，做事顾此失彼。慢慢下去，他对世界的看法都是灰色的，对人对事非常较真，非常冲动，又非常倔强，非常叛逆，有时放荡不羁，有时又富有侠义的心胸，喜欢多管闲事，也好打抱不平，这算是比较好的一类，而另一类则是破罐破摔。按理说，何言不会把自己毁到这种程度。但是柯达发现，何言真就到了心烦意乱、要死要活的程度。先从生活上说说何言吧。

何言的老婆告诉柯达说，她老公才50多岁，怎么就先她更年期了呢。老婆不理解。说何言，哪有谁整天整夜不睡觉，就知道在那抽烟，抽烟，她老公现在就变成了这样一个人。冲动了就说要去跳楼算了，我说有本事你去跳呀，别光说啊，去跳呀。他就真的去了，啪嗒啪嗒跑上了别墅的楼顶上，趿拉个鞋子就站在楼顶的边沿儿，又慢慢蹬了上去，“天哪，我当时也跟了上去，这真是不想活了，看那阵势就是要往下跳了，我可真就叫他给吓傻了。后来我就跑过去抱住他的腿，哄他呀，婆婆妈妈地哄他，连哭带喊带叫唤，我就差点儿没叫他一声妈了。你说这人怎么就变成了智力这么低下的人了呢?”

柯达电话里告诉何言的老婆说：“何夫人，何先生现在是处在一种情绪低谷阶段，慢慢会好起来的。你们是老夫老妻了，你现在最重要的是从多方面关心他，跟他聊天，陪他去旅游。要不带何先生到我们G省海滨市来玩玩吧，吃、住不用愁，我来安排好吧?”

何夫人说：“愁死我了。你说一个男人怎么会到了这种地步了呢。你说焦虑就焦虑呗，怎么还能把人焦虑到都快精神崩溃的地步了呢？我可就不信了，这也太奇怪了呀。”

何言此次检查的各项指标显示，他根本连EB病毒都没有挨边，很显然，他把自己身上显示的种种因焦虑情绪而带来的不舒服感都怀疑为阴性艾滋病了。柯达建议何夫人陪何言来海滨市旅游，就是玩一玩。何夫人也答应了柯达，但没过两天，何夫人在电话里说，何言这些天说什么也不外出，说有人想整死他。何夫人在电话里问柯达："你说他这不是作吗？谁想整死他呀，我看出来了，这是他想整死我啊，这不是自己祸害自己吗？我可怎么办呀我？"电话那边，何夫人带着哭腔说着话，还说，"老何这几天不知道中了什么邪了，把别墅上上下下的窗户都挂上了窗帘，门也锁上了，不让我出去。他说我一走，杀他的人就会过来，你说我可怎么办呀？"

柯达顿时意识到何言再这样发展下去，就很危险了。于是他马上回复何夫人说："你让我想一想，然后我再打电话给你好不好？"何夫人那边着急地说："那你可快点呀！"

柯达反复地考虑了一下何言目前的状况，也许是长久焦虑的情结所致，引起了何言出现了目前的一些精神方面的障碍，紧张、妄想等等症状已经不同程度地再现出来，他拿起电话拨通了何夫人的手机。他建议何夫人立即同当地的医院心理医生或者当地的安定医院联系，如果何言拒绝出门，那也可以把医生请到家里来进行治疗，柯达还告诉何夫人，何先生目前的状况是很好治疗的，不久会痊愈的，让她别担心。柯达还叮嘱何夫人："对何先生一定要耐心，现在说别的已经多余，何夫人是不会让何先生这样下去的，对不对？好好地照顾何先生，也许这是你将终身幸福押到这个选择上，你所要为何先生做的最后也是最重要的一件事情，是让他康复起来。这样，你才能生活得幸福。我的话说得重了一些，但我是好意，我等待何先生康复的消息，有困难，我们下次再聊，赶紧联系医生吧。另外，何夫人千万不要去找那些街上的个体诊所，那是很骗人的。”对柯达这一番真诚的劝慰，何夫人当时感激涕零。自己的丈夫原来是那么一个自命不凡的人，身边围绕着一群挥之都不去的溜须拍马屁的人，自从何言身体状况出现意外之后，他何家就失去了春风得意的喧嚣和热闹。想想何言一度也是兢兢业业忠实地履行自己的职责的一个人，他尽自己的一切努力把这个企业精心打理了几十年，最后却因为身体的原因，遭到当年日夜俯首帖耳围着何言转的同事的排挤和打击，尔后又幸遇一位远方的医生的关怀，何夫人没有怀疑柯达是出于什么目的如此这般地关心何言，她只知道，在他们一家人遭受困难之时，只有柯达医生通过电话向何言和她传递着一种真诚关爱的力量。

两个月之后，何夫人给柯达打来电话，说要和老公何言一同去海滨市拜访柯医生，当面感谢柯医生。何夫人在电话里流露出的开朗和高兴的声音，让柯达的一颗心总算放了下来。何夫人说，她给自己的老公请了一位心理咨询师，是E市某医院的心理专家。让何夫人没有想到的是，这位专家没用多长时间，就手到病除，甚至都没有让何言用过药物，他们就是单独交流着，结果，现在差不多快痊愈了。

这天，柯达接到了许清教授的电话，许清教授请柯达参加一个学术研讨会议。许教授没有告诉柯达会议内容，只告诉他会议在Y省开，并告诉柯达开会的具体地点和开会的具体时间。

十七

柯达坐了 32 个小时的火车，终于到达了 Y 省的 K 市。离许教授说的会议时间大概还有十余天的时间，正好赶上 K 市的防艾办的有关负责人邀请他过来给当地的五大领导班子讲讲有关艾滋病方面的知识讲座，他就提前赶到了 K 市。

这是柯达有生以来第一次踏进 Y 省，他一下火车，就嗅到了这里的一种独特的人文气息，看到四处的标语写着“打一场防艾人民战争”，“要通过防艾人民战争，全面推进禁种、禁制、禁贩、禁吸‘四禁’工作，推进境外禁种除源战略”。看到这些，柯达就感到这个省的省委书记和省长是做实际事情的父母官。

什么是实际事情？人民群众最关心的事情就是实际事情。你想啊，谁家愿意生出一个一天到晚吸毒的人呢？谁家要是有一个吸毒的瘾君子，那这个家不是家破人亡，就是妻离子散。人民群众对吸毒这个字眼是担惊受怕的，是恐惧万分的，你当父母官的不把这个让老百姓有心病的东西解决解决，不控制控制，那还得了吗？

柯达被接到了防艾办。柯达在防艾办坐了 10 分钟，就觉得这个机构非常多余，人浮于事。防艾办的主任是个年轻女子，她从柯达进到她的办公室里，就一直没有离开过耳朵边上的手机，说的都是家中的一些私事。

等主任打完电话，柯达与她商量等在这儿讲完这堂课后，他想独自下到Y省最偏僻的乡村里去住几天，为那些艾滋病人做点事情。

艾办主任劝说他还是不要去为好：“去那些地方很远，很辛苦的。要坐好久的车。我们的少数民族都在很偏远的山里，又不通火车，公路不好走……”

尽管这个艾办主任为了柯达能节省一些体力，不要那么辛苦而耐心诚意地做着劝导，柯达还是在做完了其他安排后，独自去了Y省的西南边疆。

Y省的西南边疆，是元末明初的麓川故地，傣族称之为“勐宛”，意思是太阳照耀的地方。这里的镇新马温泉，就是镶嵌在Y省西南边疆的一颗璀璨的明珠，很多远道而来的游客，把这一片片远山深处的热海称之为“天堂鸟”。

柯达来到这个距Y省省会800多公里的奇龙县城时，天色已经黑了下来。他把东西放进宾馆之后，就出门来到一个电话亭旁边，这里的公用电话1分钟2毛钱，就设在里面的食杂店外。柯达要去的地方是白菜给他提供的信息。白菜说，在Y省西南边疆的一个小山村里，有一个乡村医生在为因吸毒而被感染的艾滋病人治疗中采用了一些独特的办法。白菜说：“老柯你要感兴趣地话，你可以去那里看一看，那里可是很多艾滋病病人的栖身之地啊。”

柯达照着白菜给他留下的奇龙县疾控中心电话打了过去，对方说：“我告诉你一个电话，你问问那里，那里都知道尹兰医生的电话的。”

“你说的那里是什么单位啊?”

“那是传染病医院，尹医生经常往那里面送病人的。”

柯达按照对方告诉他的电话号码拨了过去。

“喂，你找谁呀?”

“我是外地人，来找尹兰医生的，有人告诉我，你们那里有她的手机号。”

“是的，是的。那我告诉你吧，你记着啊……”

柯达记下了手机号，刚要拨，食杂店的老板走了出来，跟柯达打招呼说：“你找尹兰医生吗，我知道她在哪里呀。”

柯达很惊奇地问：“怎么才能找到她呢，你认识她?”

“我们这里的人差不多都认识她的，她在这里很出名的。我告诉你，你到前面，就是那个地方，车多的地方，花 5 元钱就到了，坐车 40 分钟，尹医生的那个医院就在公路边上，你到那里就会看得见的，在路的这一边。”

柯达感到很兴奋，“这么晚了，我能找到她吗?”

“找得到，找得到。尹医生大概晚上 10 多点钟才下班的，要是有病人，她就下不了班的。”

“要是没病人，她会不会早点下班呢?”

“不会的，不会的。”

“你是尹医生的亲戚?”

“不是的，不是的。”

柯达来 Y 省之前，查阅了许多关于奇龙县的资料。这里的少数民族祖祖辈辈群居在深山老林，这深山离公路很远很远，寨子里的房子都依山傍水而建，他们一直过着“格子式”的生活。就是说，这里的少数民族兄弟姐妹们，由于语言不与外界相通，所居之地距离公路又很遥远，交通十分不便，人们就像是在格子里面生活一样，早晚不出这个格子，也不想跳出这个格子。外面的世界有多大，有多精彩，都与他们无关。他们多少年如一日，原地踏步地过着开出一片山地，种上一点粮食，栽上几种蔬菜，能维持全家人不饿肚子的生活就可以了，至于致不致富，有没有钱，他们想不到那么远，也想不了那么多。生活原始，原始生活，造就的就是一个偏远的原始圈子。

然而，从20世纪90年代初期开始，这里的偏僻和封闭却给了贩毒者以可乘之机。他们利用了少数民族传统的“歃血为盟”的这一特性，就是一个人要用自己身上的血来稀释一些海洛因，然后大家共同畅饮，谁不喝，谁就不是自己人，谁不喝，谁就会被清除出寨子而到处流浪。很多毒贩子就是利用少数民族的无知和豪爽，不费吹灰之力轻而易举地就把这个原本平静而又山清水秀的少数民族地区当成了贩毒吸毒的聚宝盆。你只要吸上毒，成瘾后就能控制你，由你再去贩毒。就这样，贩毒者引诱农民吸毒，引诱农民贩毒，去无影，行无踪的通道，就是这么打开了。很多家庭中有一个人吸了毒，便连带出一家人吸毒，一家人吸毒连带出一个寨子吸毒，一个寨子吸毒连接下去，就是一个村子，一个村子是由十几个或几十个寨子组成。这里的村子都很庞大了。我们知道，吸毒人本身是不会感染艾滋病病毒的，但是吸毒人太多了，那里地势交通又极不方便，所以很多人共用一个针具吸毒简直就是家常便饭，一个针具被抓来传去，很多人就被感染上了艾滋病病毒，渐渐地，一个寨子一个寨子的艾滋病人就不断地增多起来。

尹兰所住的这个村子叫小宋村，尹兰是这个村子里面的乡村医生。这个小宋村由十几个寨子组成，这些寨子分布在郁郁葱葱的山脚山坡一带，距离小宋村乡村医院最近的有10多里路程，最远的有30多里地的路程。这里只有一条石子铺成的大路，这条路有的路段其实就是黄土路，其他都是羊肠土路，黄色的沙土路。遇到大雨季节，这条大路连同小路就是一条条的黄泥浆子路，无法走摩托车，甚至人都不能走下去，走下去，回来可就是一个难呀，形容难于上青天也不为过呀。

小宋村的住户有1000多户，共5000多人。这1000多户的居民中，有500多人吸毒，有300多人感染了艾滋病病毒。2005年，政府开始关注这个地区，由县公安局、卫生局和镇、乡级领导共同负责，在小宋村建起了一个集艾滋病宣传教育、咨询和村卫生院联合一体的“综合防治办公室”，尹兰既是乡村医生，又是这个综合防治办公室的主任。也就是说，尹医生既要承担乡里乡亲、寨里寨外居民的医疗问题，还要担负着预防整治艾滋病知识的宣传教育，帮助这些艾滋病人、吸毒人群脱贫致富。

当这个消息在这个方圆几公里的地区传开之后，村里的人议论什么的都有。

“尹医生真是能耐大了，她都能治艾滋病？”

“她一个小医生能治外国人得的病吗？”

“吸毒她都管，她管得了吗她？”

议论还不算，爱甩脸子的人硬是把凶狠的脸子甩给了尹医生看。

过去，尹医生背着个破药箱迎面走来，乡里乡亲的见着尹医生来了，都点头打个亲热的招呼：“尹医生，去看病哪。”

现在尹医生还是背着那个破药箱，有人看见她走过来，就像老鼠见了猫，默不出声，赶紧低下头，擦身过去，慌忙就往家里面跑，赶到家里立刻把家门关上拴上锁。她尹医生不是来管我吸毒的吗？我就是让她进不来门。她能咋的呢？吃了我不成？然后对着婆娘喊：“别给尹医生开门啊，怎么叫也不能给她开，你开了，我就打死你！”一些吸毒者就这么凶巴巴地在家里张狂地喊着。当老婆的女人都得乖乖听自家男人的话：“不开就不开嘛，叫什么叫哪！”

有时，这一个家里，男的也吸，女的也吸，往往这一家人都在抵挡着尹医生的到来，他们是很齐心的。尹医生是帮不了他们戒毒的。我们自己都戒不了，谁来帮帮就戒掉了吗？不可能戒掉的，戒不掉的，我的亲娘哎。

尹医生在小宋村10年了，她走寨子也走了10年了。谁家是谁在当家，谁家娶了什么婆娘，哪个寨子里的，尹医生都一清二楚，谁家生了娃，是男娃还是女娃，都叫什么名字，她尹医生也都一清二楚。谁家人在吸毒，有几个人在吸，还有哪几个人跃跃欲试想吸，尹医生都知道。谁家人被艾滋病病毒感染了，是男人还是女人，还有他们的娃娃，感染者都叫什么名字，尹医生还是一清二楚都知道。全村上下，十几个寨子，家家生活得怎么样，穷日子过得怎么样，统统都在尹医生的心里面装着呢。

开始时，工作有多少次进行不下去，她也记不清楚了。但她觉得自己责任重大，吸毒的人从戒毒所出来，她有责任让他们不复吸。艾滋病人，她有责任让他们不要感染其他的人，这是万万不能传播的啊，要是传染了一个人，她是有不可推卸的责任的。

她进不去一家家的门，她就在人家的大门外、墙上到处贴些毒品有害的宣传单，顺着上山的小路，一家家地贴，只要能看到的地方，她就贴上宣传单。然后，回过头她又去另一个寨子，还要去各家各户的艾滋病人家做回访。

“开门哪，阿旺，我是尹医生。”

阿旺在关着的门里面冲着尹医生就喊：“你走吧，尹医生，我不会给你开门的。”

“阿旺，我给你送药来了，这么远的道，我渴了，想喝点水哪。你是不是又复吸了？你给我把门打开吧，你不开门，我就坐在门口等你给我开。”

这个李阿旺是寨子里最早一个吸毒的人。不光他吸毒，他的弟弟、妹妹、老婆都在陆续跟着他吸。李阿旺这个人最能说粗鲁的话，还发音不清，结结巴巴。这个人脏得难以形容，邋邋遢遢不说，一件衣服穿在他身上，他都能让衣服走了样。他有点发胖，满身污垢的衣裤包裹着他肥胖臃肿的躯体，外加上他的一些脏胡须稀稀落落地围着他那张很难看的脸上，再看他的鞋子磨损严重，赤裸的脚趾突了出来，每走一步都会露出脏兮兮的脚后跟。这个人整个看起来都是破破烂烂的，使人见了就想把目光赶快移开。

李阿旺已经在戒毒所几进几出，上戒毒所就像去赶集，他根本不在乎。尹医生在寨子里行医 10 年，也跟踪了李阿旺 10 年。他从 2000 年起就感染了艾滋病病毒，是这个小宋村的第一例艾滋病人。他老婆也是，但他老婆命短，感染艾滋病 3 年后就离他而去。老婆死后，他李阿旺就更不讲究卫生了，戒毒复吸再戒毒，他几乎就在戒毒所里生活了。

尹医生不是把李阿旺送去戒毒，就是把他从戒毒所接回来。赶上吃饭的时候，尹医生还要给李阿旺做点饭，一起吃。不吃点饭，尹医生都走不回乡村卫生院的。说起来这条路就不是一条路了。来一次要走 1 小时 40 多分钟，回去要走 2 个多小时，因为回去的路更难走。顶着西北风，歪着身子，避着风头，风大了都能把尹医生吹得背过身来往回走。一路黄土飞扬，等尹医生眯缝着眼睛回到卫生院，她那白皙的面孔实实在在就变成了黄脸婆，身上到处都是土，一拍，尘土立刻飞扬起来。

尹医生是决定要把阿旺管到底的。阿旺要说戒毒，他有时候可以 3 个月不吸，甚至时间还要长。有时候，尹医生就跟阿旺说："阿旺，你还是能戒掉的，我知道你为了少吸，把海洛因稀释了，这不就是在一点点地戒吗？你是有决心戒的，我都看出来了，你一定能戒。嗨，我怎么做这种干预工作呢，说了也白说，做了也白做。想归想，你得管得住自己。一个大老爷们，见天被送去戒毒，我的脸都挂不住了。不让你想那个东西呢，我也做不到，干脆吧，我给你找个活干，你干不干呢？"

阿旺是个特别懒的人，他不想干活，但尹医生就让他干干活，自食其力。尹医生就在寨子里找到靠卖菜致富的阿山。阿山觉得尹医生太不容易了，就答应了尹医生。

那天阿旺来见阿山，说："尹医生让我来找你干活，你让我……干吗呢？"

阿山说："没有办法嘛，我就给尹医生面子呀，我有几句话，你听着，你把这脏衣服都脱了，换上我给你的。你在我这要是敢碰那个玩意，我饶不了你。走，跟我卖菜去。"

阿旺跟着阿山卖菜，他挺卖力气地挑着担子。可是没过3天，阿山赶紧给尹医生打电话："可不得了了，阿旺有艾滋病，这是谁都知道的，我的菜今天一点儿都没有卖出去。人家不买我的菜了。不行不行尹医生，我不能让阿旺在这里，我已经打发他回家了。"

500多人吸毒，尹医生有责任帮助他们戒毒，300多个艾滋病人，尹医生一次一次地来到他们家中，普及知识，打针、送药、抽血、检查，料理他们身上的伤口。还要一遍遍地去健康人的家中不厌其烦地普及预防知识。一个人的力量不够，她把能动员到的村长、妇女主任、生产队长，能干能说的人召集在一起，分头去说，分头去做工作。她的防控、干预工作做得极其细致，极其全面，极其周到。年轻人要结婚，尹医生就一定在他们婚前，苦口婆心劝他们先去做个血检，以免在不知情的情况下，把艾滋病病毒传播给别人。

最初，尹医生动员小宋村15岁至49岁的青壮少年，不分男女都主动到检测中心进行体检，那时候，村村寨寨没有一个人自愿去检。尹医生没有泄气。在乡里乡亲看来，去验血，这毕竟不是像参军入伍戴大红花那么光荣的事情，没有检出什么来，倒是好事情，万一检出了艾滋病病毒，那不是天都塌了吗。哪里有脸面在这个寨子里活下来呀。乡亲们心里想的，她尹医生心里也明白。但她想这是自己没有把宣传工作做好的缘故，跟乡亲们的觉悟一点都没有关系。

有一回，她好不容易把一个寨子里的大姑娘、小媳妇都召到一起，讲一讲生孩子和性生活要注意使用安全套的一些卫生常识，她刚一张口讲避孕套要怎么使用的时候，这些大姑娘、小媳妇就都用手捂住嘴在互相瞅着的眼神中嘻嘻地笑，有人就故意打断她的话，“尹医生，你渴不渴，你喝口水吧。我报告一声，我回家做晌饭了。”说着拍拍屁股上的土，一扭一扭地走掉了，尹医生就呆呆地看着她们一个个都走掉了，而没有一点的办法。

小宋村5000多口人是一支很庞大的生力军，要想让大家统一做一件对他们身心健康有帮助的事情还真的很不容易。但尹医生就是尹医生，她不甘心，筛查工作继续进行，一定要进行下去。

也难怪呢。起初，没有沾过毒品，对艾滋病也不知道是怎么回事的人们，在小宋村也有很多。后来宣传的力量也多了，电视上也总播，这些人就很害怕，一听说谁家有人吸上了，一听说谁家的人得了艾滋病了，都很惊恐地环顾着四周，就像老虎来了似的，赶紧一只手拉紧娃娃匆匆逃过那家家门去了。后来，与艾滋病一直无关的乡里乡亲们变得越来越害怕，越来越神经，越来越对寨子里发生的一个个不明不白、不声不响就死去的人变得冷冷漠漠。他们心里就想好生地过着自家平静、祥和不被打扰、不被烦心的生活。对那些毒啊，病啊，谁家发生死人了，谁家的人又病了，结局怎么样了，他们统统不需要知道。他们也不愿知道，就是知道了又能怎么样呢？家家都有难唱的曲儿，日子总得继续往下过的。

其实，这些善良的农民是天天都能看到他们端庄而又优雅的尹医生气喘吁吁地背着一个旧药箱，走在不太平坦的石板路上的。她一会儿跳着下到另一块石板，一会儿又小步加小跑从下坡往下噔噔噔噔走去，走过的石板路上随后又是噔噔噔噔板块松动的声音。寨子里都是用小小石子和石块铺成的山路，平坦的地方很少很少。上坡就要蹬着台阶一阶一阶往上登，躬着腰，撅着屁股，使出百分之百的力气才行。下坡也不好走。脚踩在石子路面，就如光着脚丫子一样，很硌脚，踩在上面会让你浑身不舒服，走时间长一点，脚底下开始酸痛酸痛的。反正乡里乡亲看到尹医生这些痛苦表情，都很同情她。“尹医生，过来，过来，歇歇，歇歇，来家喝口水，吃点饭吧。看你累成啥子样儿啦。”实际上，尹医生走这些山路已经走了 10 年了。从毕业就到这个村医所，天天要走很长很长的路，这条路雨天就不是路了，但尹医生却十分熟悉这没有路的寨子里那上上下下，左拐右弯的家家户户在哪儿。有急诊时，她在深夜走这些路时也都能准确地识别张家在左，李家在右，不会弄错。凡是吸毒和艾滋病人的家，是尹医生三天两头要去的地方，她实际上把这几百户人家当成了她自己的家。出一门又进一门，常来常往。尹医生虽说是对病人的回访，但是她所做的一般是把病人的需要送过去，哪怕是陪着艾滋病人说说话，拉拉家常，在他们的家里一起陪他们做饭，赶上饭点就和他们在一起吃一顿饭。

有个叫阿连的艾滋病人，无论谁来造访他，无论哪个级别的干部来看望他，他总是说："尹医生是我们这儿乡里乡亲唯一一个敢同我们一起吃饭的人。就她敢同我们在一起。"其实他不知道，尹医生在艾滋病人家里同其家人一起做饭吃饭已经成了家常便饭。她说："他们是我的亲人，不就是他们有病吗，我是医生不能不管他们吧？我就是要和他们在一起，他们很孤独，那么脆弱，很无望，很无助，我就不能让他们再孤独，再无望，再无助了。"她动不动就对病人说，"有我在，怕啥子哟。不要谢我，医生嘛，总要为病人做些事情的，应该的，应该的。"

就是因为尹医生有无限广阔的胸怀，有不知疲倦的仁爱之心，有人性最坚定最受尊敬的救死扶伤的医德，傣族人就叫尹医生"勐宛"，他们认为尹医生就是太阳在照耀这里面的疾苦，有了勐宛在这里，就有了我们的新生。

柯达在尹医生的办公室里还看到了尹医生的一份责任状，她自己要求自己做到："对辖区所有感染者都要定期进行随访管理；对携带艾滋病病毒的阳性患者更要定期筛查CD4，凡是符合入组治疗条件的都要带他们到县医院做入组相关检查；对已经入组治疗的感染者每隔3－4天随访一次，并及时上报艾滋病人死亡情况，定期统计上报艾滋病人遗孤儿童及遗者名单。"

在尹医生上属的卫生部门的一份表彰尹医生的事迹报道中写道："艾滋病病毒到尹兰这里就被她给截住了，5年来，没有一个人漏打过一次针，小宋村的艾滋病人在尹兰医生坚持多年的督促用药后，竟有许多人的身体奇迹般地好转起来，他们可以下地干活，有了能力改善家境，生活也一天好似一天。”尹医生带着柯达在几个寨子里的走动中，柯达随处可以看到，那些饱经风霜的农民的脸上充满着笑意，他们很好客，见到尹医生和柯达，也不认生，和他们握手拥抱，很开心的样子。因为尹医生经常带外人来寨子里看望他们。尹医生带来的人，应该说都是关心他们的人，他们就觉得挺亲的，根本不拘束。

在哈里寨子里，尹医生带柯达走进了一个艾滋病病人的家里，拿起一张照片说：“你看她漂亮不漂亮？”柯达拿过照片看看，说了句：“很漂亮。”尹医生叹了口气说：“只可惜，她20岁就死了。”他们从这个家里走出来后，尹医生告诉柯达：“这个姑娘叫阿玲，她3岁的时候就被卖到了缅甸，18岁的时候，突然自己就回家来了。这个阿玲太可怜了，我第一次去她家里见她的时候，她那双漂亮的眼睛里积满了泪水，哭得跟泪人儿似的。她爸妈也跟着在一边流泪。我一下子就明白了，这孩子肯定是染上病了。我就劝她跟我到县里检查病去，她除了呜呜地哭，就是不肯跟我去。我就挺着急的一连往她家跑了不下20次，最后她才答应跟我去做血检，结果是HIV抗体阳性。看到结果，别说她哭成了泪人，我也跟着她哭，边哭边劝她打起精神来。但后来她身上的伤口在不断地溃烂，我就经常去帮她处理伤口，阿玲就对我很信任，讲了她很多的遭遇，讲着讲着她就哭得说不下去了。她被卖到缅甸的一个娱乐场所，13岁就开始接客，有时一天要接十几个人。我寻思着，这些事情已经给阿玲的心理造成了很大的创伤，她心里有很多的阴影，我就不让她讲过去的事情。我就给她讲今天我们国家发生的变化。但是后来，阿玲的病越来越重，她临死之前，我都在她身边陪着她，给她讲故事，为她擦洗身子。我觉得她就是我的一个亲妹妹啊，20岁刚到，就这么一个人身上带着伤的就走了，这心里太难受了啊。”柯达听到这里，心里也挺不是滋味的。他马上打断尹医生说：“我们就不说这些太伤心的事情了。尹医生，我听说你也获得过‘预防艾滋病马丁奖’？”

“嗯。能获得这个奖，你会感到是对你的工作的一种肯定。”

“我还听说，经你严格把关，5000多人口的小宋村，这几年没有新增一例被感染的艾滋病人，怎么做的呀？”

“其实，他们就是不给我奖，我该怎么干工作，还会怎么去干的。我在村里成立了多个爱心互助小组，一个寨子里成立5个小组，入组成员人人都在为艾滋病人做努力，对预防和控制艾滋病就能起到一定的干预作用。”

柯达心里也在想，像尹医生她这样在一个寨子里建立多个互助小组的监督防控，相互关心，相互爱护，相互帮助的工作模式在偏远的山区是非常必要的，这种模式其实也代表了中国现在和未来乡村预防艾滋病传播的一个发展方向。他在尹医生卫生院的这段日子里，尹医生就带他走遍了小宋村的各个寨子。起初，尹医生出了个主意，她骑自行车带他一段路程，然后换一下，柯达再带她一段路程。后来知道柯达不会骑自行车，这就没有办法了，只好由尹医生来骑车带着柯达一段路，遇到坡处地方，由柯达推着自行车在前边走。可是在弯弯曲曲向上的黄土路上，柯达这回真正感到自己的体力有些不支了。两个人只好走一走，站一站，歇一歇，喘一喘，再继续朝前走。走着走着他就走不动了。这种体验，让柯达感到尹医生工作真是太不容易了。她是那么坚强的一个人，这种糟糕的路况，她就这么坚持10年几乎每天都要走一趟回一趟，能累死人的啊。

每到一个艾滋病人家里，柯达都累得精疲力竭，身上出着虚汗。但他坚持着和尹医生一起给病人疗伤，对有的病人身上出现的并发症，柯达建议尹医生应该让其尽早去医院治疗。有的病人应该早就做的一些手术，柯达建议尹医生应该尽早安排他们手术，必要的时候，他可以主刀来做。

尹医生后来悄悄地告诉柯达，县里只有一个传染病医院，但哪个医生都不情愿给艾滋病人做手术，医院也不愿意收艾滋病人住进医院，怕病人们不愿意，都不来医院看病了怎么办？别看他们是乙肝病人或是什么传染病的病人，也怕艾滋病人传染他们的。所以，有些病人只能待在家里吃点药进行保守治疗。

告别尹医生之前，柯达去了一趟奇龙县城。他想，自己的能力实在太有限了，帮不了尹医生也帮不了病人，那他就给尹医生做一件好事情吧。他花了3000多块钱给尹医生买了一辆女式轻捷的摩托车，红色的，看着很亮堂很喜人，售货商店一直把货送到了小宋村的卫生院。那个时候柯达已经走了。尹医生见到如此漂亮的飞鸽牌摩托车，这辆崭新的东西送货上门，感动得她眼泪都流下来了。她嘴里念叨着，“这个柯医生，买摩托车怎么也不与我说一声呢，这要花费多少钱的。”

十八

李东是个不信邪、不就俗的人。他听艾滋病人阿梁说到柯达这个人的时候，他动了个念头。这个人外号“柯一刀”，做手术做得相当精到利索，他也似乎在电视上看到过这个挺出名的外科大夫的事情，记不起来是在哪档子的节目里看到的了。这都不重要，重要的是他也被感染了，他可是个医生。在李东的脑海里，他现在所管辖区域内的400多个艾滋病人缺的就是外科医生。他现在欠人家医院40多万元医药费呢，这都是他硬把艾滋病人送到那家不收艾滋病人的医院，靠着小学同学张院长的关系，硬是给做了手术，做完手术，他李东又拿不出钱来，又不得不硬着头皮欠人家张院长的医院的，这也是无可奈何的事情。艾滋病人胃穿孔了，需要做手术，我不送他到你这里，你让我送他到哪里去，你这个医院离我们又这么近，以前又不是没有给你们送来过，救人要紧的嘛。几乎是每次都这样，人家医院的门诊拒不接收，但张院长一个电话打过来，就得收嘛。院长对门诊大夫说：“他李东除了艾滋病人给我们往这送，他还能给我们送健康人吗？就收下吧，收下吧，我们是医院，总不能见死不救的嘛，有事情我来处理。”

说心里话，李东现在什么都不缺，单单就缺一个像柯达这样的人才，他有点求贤若渴。他最近听说柯达到Y省来讲学，他就打电话一个部门一个部门地去找。后来听说在尹医生那儿呢，他就给尹医生打电话，他们都熟，但从来没有见过面。电话倒是真的打过无数遍了，因为尹医生的病人有的现在就在李东这个重生关爱中心里面生活着呢。

李东现在是Y省P市的重生关爱中心主任，孟海社区戒毒康复中心主任。说起李东，他做的好事情恐怕三天三夜也说不完。

李东这个人很特别。他特别憎恨毒品，憎恨到了骨子里面。他父亲曾经是Y省P市公安局第一任禁毒大队大队长，是个出生入死，无比坚强，无比有战斗力的彝族汉子。李东从小就和父亲的禁毒工作连在了一起。母亲天天提心吊胆，望眼欲穿地盼着丈夫平安回家，李东也就跟着母亲一起盼着。有时候，娘俩儿在盼望中，李东就依偎在母亲的怀里，听妈妈讲一些爸爸和毒品贩子战斗的故事。除了妈妈讲给他爸爸缉毒的故事外，爸爸一有空闲的时候，也牢牢地把他拥抱在怀里，给他讲有关毒品的故事。父亲每讲一个故事后，就点着他的鼻子尖说："我警告你哎，臭小子，长大了，你做什么都可以，就是不许碰毒品，给老子记住了没有啊？"李东就乖乖地点点头，那时候李东还小，根本没有现在的这种对毒品有着千仇万恨的恨啊。他只知道，毒品是不能碰的。最让他印象深刻的一件事情是他父亲曾经在他5岁的时候，当着他的面，拿出一根比较粗一点的树枝放在他的面前，举起刀就要往下砍却还没有砍下去的时候，突然停下来，父亲说："小子哎，看到了吧，这棵树枝就好比你的一个手指头。”李东很害怕，他不知道父亲要干什么。就问：“爸爸，你说的是我的哪一个手指头?”他说着就把小手伸出来让爸爸看。爸爸憨憨地笑了一下，用另一只手比划着，“就是这个大拇指，看见了吧，动得很灵活的这只，就这只，看见了?”

“嗯，看见了，就是这个短一点的是吗?”

父亲落刀就砍，树枝断了，李东却用双手蒙住了双眼。他很害怕。他的小手是被父亲粗壮的大手拍了两下才拍开的。父亲指着断了的树枝对儿子说：“小子哎，你长大了要是敢沾那个毒品的话，嗨，老子就要用刀砍掉你的这只大拇指，就是断了的这根树枝，手上就没有这个指头了，明白吗，看见了吧?”李东说：“看见了，可是这个树枝为什么不流血啊?”父亲告诉他：“树枝也流血的，只是你看不见罢了。如果你的大拇指从这个地方被砍下去了，你的手就会被鲜红鲜红的血染红了。”李东顿时吓得哇哇大哭起来。母亲看不下去了，瞪着父亲说：“你这个疯子干什么这么吓唬他。”父亲也不过去哄哄李东，他阴沉着脸什么都没有说。这件事真的就让李东记住了。他这一辈子如果沾了毒品，父亲就像砍那根树枝一样，会毫不犹豫地砍掉长在他手上的那根大拇指，以示惩戒教子不当。常言道，子不教，父之过嘛。

但是，后来发生的所有的事情，李东所做的所面临的所有事情，因一种偶然和巧遇，居然哪件事情都和毒品有关。父亲的担忧不仅应验了，而且这种担忧绵绵延续到没完没了了。他担忧的是儿子从事的工作——那个拒人于千里之外的禁毒和防艾战争。从警多年的父亲是晓得这两个战争有多么的残酷与严峻的。

艾滋病病毒蔓延的态势十分严重。做父亲的所考虑的是，他不希望自己的儿子也卷进他忙忙碌碌一辈子的事业中，他希望儿子的生活过得平平安安便是福。李东所从事的工作是有风险的，足以使人心碎，也足以使人担惊受怕，足以使人无限牵挂。可以说，受父亲从警生涯几十年的影响，儿子李东也具有了和父亲同样的使命感，即担负着维护社会安全的使命感。他们父子俩都有对事业的追求，执著、坚定。都有很高的智力和本领。不同的是，儿子李东从18岁开始就一直维持着一些被强制戒毒的吸毒者和与之有关的被感染艾滋病病人的生活，维持着这些人生活下去的信心，维持着这些人的生命质量。为此，李东花了自己100多万元的积蓄，给他们盖了一个家，400多人能在这里生活的家。

在父亲看来，儿子是个心地善良的孩子。多少年来，他依着儿子的慷慨解囊。儿子精力充沛地从事着这常人不予理睬、避之唯恐不及的吸毒人群和艾滋病人群的事情，做着各方面的照顾他们生活的工作。他把这些人一如亲人放在自己的身边，目的是让这些人生活得体面从容些，身体渐渐硬朗些，面容恢复生机些。他们能够多活一天，活得好一天，就是李东的希望所在，就是这么简单。李东从容地面对这些高危人群，他视他们亲如兄弟姐妹。李东曾经对父亲调侃地说："老爸，不管怎么说，现在咱们家里，你可不只我一个儿子啦，我那些兄弟姐妹都是你的儿女，你不会不让我管的，你不是那种袖手旁观的人，是吧，我的好爸爸。"就这样，带着一种社会责任感，他也就渐渐地默许了李东的这种做法。警察嘛，对人民群众的痛苦磨难的事，真的不能不管啊。

那些从戒毒所里出来，又无家可归、孑然一身的艾滋病人和吸毒人群，社会和李东们要是不出来接纳他们，他们将四处漂流，不定在什么地方给社会带来什么不测呢。李东对柯达说：“你可以想象啊，一个艾滋病人他无家可归，被抛弃后，你让他不去报复，安然做人就很难。他也是人，他也要生存，哪里都不接受艾滋病人再就业，你让他们怎么活下去呀。他们只好偷啦，抢啦。这不是把他们推向堕落的边缘了吗？有一年T市发生一起艾滋病人报复社会的事件很轰动。艾滋病人被一些管理部门逼得狗急跳墙，进而开始在大街上伺机报复。知道吧，他们把针管里灌满红药水，见着美女就跑上去往她身上扎针，嘴里还高声叫喊着，‘谁也别碰我啊，我是艾滋病人……我们就是要把艾滋病传染给你。’警察来了也无可奈何，他们都是病人，不敢靠近，就围着他们，他们有十几个人，每个人手里都拿着灌满红药水的针管，十分恐怖。当地政府都被此事件闹得慌了手脚，责令全市上班族以及学校等单位放假，商场、超市全部关门，就像来了一场大地震、大海啸似的，人们极其震惊。艾滋病人他其实就是一个病人。他得了这个病，本身就很绝望，就很受歧视，你又不给他开辟一条生存的通道，他不物极必反来危害你，也会伺机做你想象不到的事情。除非他死了。

“我这儿就有这么一个人。他因为输血得了艾滋病，家里人都躲了。他一个人无法生活，就找民政局想要点补助费。他开始找民政局的有关部门，有人就说，‘我们这里没有义务和权力给你发补助费。你说你是做手术输血被感染的艾滋病，有证据吗?'这个病人为此被激怒到了极点，他跑到民政局局长办公室，指着这个局长就破口大骂，说他养了一窝狗娘养的，不说人话。我得艾滋病了，你就得给我补助费，不然我就住到你家里去。这个病人第一次找局长没有结果，第二次和第三次到局长办公室还是没有结果，他就把局长办公室里的桌椅板凳，凡是能拿得动的东西，统统都从二楼的窗户扔到一楼楼下。吓得民政局局长以后见他一来，大老远就从办公室跑出去躲起来。一个堂堂的民政局，让这个病人给搅得一塌糊涂。白天办不了公，就晚上开夜车。最让人恐惧的是，这个病人最后拿刀当着民政局在场的所有人，把自己的胳膊就这么自残一砍，他一手提着刀，另一只胳膊滴着血楼上楼下到处找局长要算账。警察来了也不敢管他，他就这么肆无忌惮地天天上民政局来闹着。后来，有人出主意，说赶紧让李东过来吧，也许李东能管得了他。就打电话赶紧联系我，我接到电话知道这个消息后，马上驱车 4 个多小时，在一个大雨天早晨赶到了 T 省 M 市民政局。当时，距离民政局还有一段路程，有人慌忙地告诉我说，'你看，你看，前面提着刀走着的那个人，就是那个疯子。'我一踩油门和刹车，咔嚓就把车停到了他跟前。当我打开车门看着他的时候，他突然笑嘻嘻地上前握着我的手说，'大哥，我认识你，你是来接我的……'搞得我当时也愣住了，也觉得挺奇怪的，那么不可理喻的一个人，见到我第一眼的时候，就跟我挺亲的。我把这个病人接回中心后，不知为什么，他从此变得特别安静，就如他们跟我形容的'他怎么会就是那个提着个大刀，凶神恶煞的疯子'，这完全就是不同的两个人的嘛。

“后来我也想过，他为什么突然变得如此安分起来？他回来后我亲自带他去医院做过一次体检，他精神方面一点问题都没有。我就想，他肯定这辈子都没有接触过我们关怀中心的这种环境，许多艾滋病人大家在一起共同生活，互相照顾，互相帮助，互相做心理支持，大家一同参加活动，一同学习、上课，一同训练。上食堂共同用餐，吃的住的穿的这些全部都是免费的。他的班长曾经告诉我，说何胜子来这儿的第一天就说了一句大实话，他说，‘我何胜子这回总算找到一个家了。’

“大概就是因为这个吧，他才安静下来的。”

李东是驱车500多公里把柯达接到重生关怀中心的。一路上，俩人无所不谈，谈得很投机。李东对柯达的印象好极了。他认为柯达不光是一个温情的贤人君子，还是一个著名的外科大夫“柯一刀”。另外，他还直言无忌，善解人意，说出的每一句话沉淀下来就是一个大道理。李东心里就在盘算，这个“柯一刀”怎么说也是个大博士，我要把这个大博士挖过来，需要给他高薪的，给他多少他才肯过来呢？现在谁不在看钱啊。但随后的进一步接触，他李东感到柯达这个人根本不是钱给得多就能买得到他这个人心的人。

柯达对李东的了解是从他的童年开始的。听完李东的诉说，柯达只感觉他太苦了，尤其是李东的童年，听他讲童年的故事，柯达就很感慨，他就把李东现在做的所有的事情联系起来了。他就很理解李东为什么要自己掏腰包来做他想要做的事情了。挺好理解的。

那就让柯达来先说一说李东的童年吧。

李东的童年，是在生和死的过程中挣扎过来的童年。他患有先天性心脏病，体质非常孱弱。3 岁的时候还不会走路。他的生命压根就很危险，说不准是什么时间，什么地点，他的心跳就急剧加快起来，有的时候，每分钟可以跳到 280 次，这让他呼呼喝喝大口大口喘气不止。若是喘不上那口气的时候，他的头一歪就昏死在了病床上。等他被抢救过来之后，就变得更加小心谨慎，更加不敢乱动乱爬，不敢做他想做的一切事情。他旁边有住院的小伙伴来到他的病床前，想安慰安慰他，他更加小心翼翼，甚至连话都不敢多说，只是轻轻点点头，又轻轻地摇摇头。点点头的意思是说："我呀，不太敢说话，说多了，我的心就跳到嗓子眼儿了，好难受好难受，好憋闷好憋闷。"摇摇头的意思是说："我就不跟你说话了，你们对我好，我都知道，可我就要死了，快死了，我不想死啊，不想死，我怕死，死了多可怕呀。"

就这样，李东的童年几乎是三天一住院，五天又住院，十天八天，天天长在大医院，所以他的童年，可不是无忧无虑的童年，他有忧，更有虑。他昏死过去多少回，又从死亡线上被抢救回来，所以李东脸上很少能看到笑容。他说他小的时候就不会笑了，哭的事情太多太多。柯达想象着李东的童年到底是一个怎样的童年呢?

你看不到一个快乐无比的童年。你常看到的是一个生怕犯病，做事轻手轻脚，说话慢声细语，不敢跑跳，不敢撒欢，不敢做他想做的一切喜欢做的事情的胆怯的孩子，每当母亲抱着他往医院跑去的时候，他的小魂都被吓着了。他害怕去医院，害怕穿白大褂的医生和护士。他从小就对他们没有好感。他认为，医生和护士的手劲太大，一动手，他就觉得身上哪里都在疼痛。他们的手还太重，抢救时给他插管，摆弄那些抢救器材，简直让他无法忍受的痛苦都会鲜明地闪现出来。在医生和护士面前，他除了哭嚎就是反抗。后来，母亲多次告诉他，你的小命都是这些医生和护士抢救过来的，你千万别哭了，别淘了，别再掐他们的手了，别再抠他们的手了。张护士的手都让你抠出了肉，一会儿她来查房，你给护士小刘阿姨道个歉吧。李东转转眼睛，鼓起小嘴轻声嘟囔着："我不嘛。"母亲问："为什么不呢?"李东说："她弄疼我了，特别特别的疼。"母亲说："你呀，这是神经过敏了。他们就是再轻轻地救你，你也会感到疼的，这叫精神作用。不疼怎么救啊，扎针疼不疼啊，但也得扎呀，不然你怎么活过来呀?"母亲说着说着就掉了眼泪。李东皱着眉头："疼就是疼嘛。"母亲说："疼也得忍着，治病嘛，哪有不疼的道理?你是男子汉，对疼要忍着，咬着牙忍着，听见没有?"李东轻轻地点点头，但他还是不明白，疼就是疼，忍着还是疼得不得了。他心里就暗暗地想，我还是怕疼，但我更怕死哎。

童年在医院里遭遇的种种疼痛、恐怖、痛苦以及在医院目睹的悲悲切切的场面，一幕又是一幕，使李东感到，活着就好的道理。只要能够活下来，无论遇到什么沟沟坎坎都能迈过去。他从小就有一颗贤明的心去为父母活着，为爷爷奶奶、姥爷姥姥活着。只要活着，他们就很高兴。渐渐长大了，他自是生成了一颗淳朴的心，他能包容人，有人性的谅解能力和理解能力。因为人性的转变不是别人给予你的打击而转变，而是人性受到了打击，因而学会了谅解、包容、理解他人。这种转变只有经历了，他才能获得勇气而再生。

18岁的时候，李东做了一次心脏大手术，手术非常成功。以后的李东满脑子是他自己的力量和要做好事情的坚定信念。从此，他彻底摆脱了由于心脏病给他带来的众多不留余地的痛苦和九死一生大大小小的打击以及那些在医院里所受到的种种疼痛的苦难。那都不算什么了，现在我开始好好地活着了，再没有苦难折磨我了。

转眼之间，李东长大了，长大的同时，他的精神也高尚起来。他的心是热情而宽宏大量的，是充满信仰和崇高的抱负的。他要为成为世界上最好的人而努力，他坚信自己会成为一个在美好世界上最好的人。

100万元，在接触被强制戒毒人员之前，李东在当地已经是屈指可数的拥有100万元的万元户了。他经营一个水泥预制板厂因诚信度高而生意红火。挣钱是李东的快乐，他那时候一天到晚总是咧嘴憨笑着。

有一天，他跟一个在收容所当警察的小学同学吃饭，席间，同学唉声叹气，心事重重。李东就追问到底是怎么一回事。同学说，“这样吧，李东，你帮我收几个戒毒人员，这些人他们强制戒毒期已满，表现也不错，但他们都没地方可去，能否让他们在你这里挣点吃饭的钱？不然，他们去哪里我都不放心，怕他们复吸。就当你我同学一场的友谊，照着面子吧。我知道你最恨吸毒，正好，你帮我看着他们，决不能让他们再复吸，好吗？”李东当即拍大腿答应了同学，当时他心里在想，何乐而不为呢，这些人我管他们吃喝拉撒睡，他们为我干活，他们还可以在这里挣钱养活自己。帮他们也是在帮自己嘛，不难。殊不知，他最初的热情和想法却遭到了严重的打击。

这些吸毒的人，你得重新给他们鼓劲，他们身上没有一点力气，5个吸毒人合在一块干的活，不顶一个健康的人干的活利索。而且他们挑挑拣拣，藏奸耍滑，他累了，你让他歇歇，他就背着你一气歇下去，不再干活了。他要吃肉，肉给他买来了，他又嫌瘦肉太多，缺少油腥。他要喝酒，他要吃素……不久，欲望又转移了，就这么折腾你。你拿他们没有一点办法，还给你添加很多的烦恼。到李东这里来的一共有45个戒毒所出来的人，当时李东是想收留他们在这里干活，但是，这些人根本干不了什么体力的活。李东还得养着他们，吃住在这里，还给他们开工资。他算了一个小笔的账，觉得还得跟当警察的同学商量，让他们去别的地方吧，他就是看着他们不复吸，那也不是长久之计，他那么忙，怎么能够看得过来呢。后来，一件事情的发生，彻底震动了他。

这45个戒毒的人中，有一个叫歪子的年轻人，25岁，看上去比较结实，看不出他身上能有什么病症。可是，有一天，他突然高烧，等把他送到医院进行抢救的时候，医生突然很严肃地跑出来对在门外等候的李东说："你是他的什么人?"李东告诉医生："我是他的老板，也是他的兄弟。"医生上下打量着李东，然后告诉他："这个人得的是艾滋病，他平时都跟什么人在一起?"

李东当时就被吓得脸都白了。

当时，艾滋病这个词，李东只听父亲讲过，他讲过戒毒所里的艾滋病人一般都是静脉吸毒同用一套针具感染的。父亲当时就说艾滋病是传染的，是一种非常可怕的传染病。人一旦被感染很快就会死掉的。李东对艾滋病的了解也就只有这些。第二天，医院就传来消息说，歪子死了。

紧接着，李东马上拉上44个吸毒人到官方指定的地点去做HIV检测，结果44个人中，有35人感染了艾滋病病毒。突然降临的这些事情，给李东的打击和刺激太大了。他心里就想，这么多人都是艾滋病，怎么安排他们呢？要是赶他们离开，这些因吸毒本来就没有什么地方可去的人，让他们上哪里去呢？他们一旦出去，散到各个地方，又将艾滋病病毒也传播出去，那将伤害多少个家庭多少个人呀。想来想去，一连多日，他想不出个办法。

在工地上，他看到那些已经感染了艾滋病病毒的工人，他们都很安静，有的虽然有些躁动，但大家你一言我一语议论着什么，很快又变得沉默起来。中午休息的时候，李东问大家，都有什么打算呢。其中有人很快就表了态："哥哥，别赶我们走，我们哪儿都不想去啊。"接着，一群声音炸起来，有点呐喊的味道："对，哥哥，我们就跟着哥哥，我们哪儿都不去！"

"可是，可是，嗨！"李东眨巴着眼睛，他不知道这时候该说些什么了或不该说些什么。李东就是这样一个人，复杂的事情，他就简单化处理，他说他这样做的话，躺下就能睡着，该吃饭就吃，吃得还很香。当他看到这些因为吸毒抬不起头来做人，因为有艾滋病病毒跟在身上，他们就更加抬不起头来的兄弟们，他必须要承受，必须要承担。于是，他就说："大家都不要烦了，谁想走我不拦着，不想走的，就都留下来吧，我养着你们。”他的话并不多，底气也不是很足很响亮，但他的话音刚落，那边的人群就都沸腾了，大家欢呼起来，跳跃起来，把安全帽扔上天空，又嗷嗷叫着把安全帽接住。

最初的时候，李东花掉了多年开工厂积蓄下来的100多万元钱，在距R市2公里的山上开辟出一块平地盖起了房屋，把这些吸毒者及艾滋病人转了过去，起名叫重生工厂。后来，一个接一个，人越收越多，多到了200多人，又多到了400多人，李东的积蓄也花光了。他几乎变成了一个穷光蛋。那是李东最艰难的时期，也是艾滋病人最理解他的时期。有一天，他听说工厂里有个艾滋病人肚子疼，疼得在地上直打滚。他对来人说，那就赶快上医院啊。来人说，病人不去医院。为什么呀？他想给你省点钱吧。

李东就难受了：“有病就得治病，耽误不得，赶快送去。”来人又赶紧去张罗。不一会儿，来人又跑回来，说：“李哥，我们都弄不了他，他死活也不上医院。”李东说：“好，好，好，我去劝他。”李东一过去就把病人弄到车上，开车就走。一直到病人做完阑尾炎手术，他才离开。第二天一早，医院陪护的人就给李东打来电话，说病人不见了，哪都找了，哪都没有。李东急忙开车去医院，和厂里来的工人一块找，最后是病人的母亲来电话，说病人回家了。

李东又开车跑了70多公里。见到病人，他有点绷不住了：“你小子不要命了是不是？刚做的手术，这么远的路，你自己是怎么回来的？”

“走回来的，走了一整夜。”

“你怎么这么不懂道理呢?”

“李哥，你别说了，我，我，我就是不忍心再让你为我花钱啊，哥啊。”

病人哭起来，他这一哭，搞得李东鼻子一酸一酸的，也掉起了眼泪，但他很快又忍住了。

“别，别，别，哎，咱们走吧，回医院去，什么钱不钱的，这事跟你没关系。走吧，咱们走。”

病人抽泣着，谁拉也拉不动。“不去，就是不去，我可以在家养病。”

“那可不行，这刚做完手术，要是感染了，会要命的。你走不走？你不走，我背你走。”说着，就要背病人。旁边的工人说：“李哥，我来吧。”这个病人出家门时还在哭天抹泪。他心里确确实实过意不去，他不忍心因为自己的生病再让李哥破费，他知道李哥的种种不容易。

都说吸毒的人没有人性，李东不这么看，吸毒的人也是人。能拿出自己辛辛苦苦挣来的大部分积蓄，来为这些吸毒的人所用，世界上有这样的人吗？果真有，果真就让他们碰到了，他们把李东当成了亲人，胜似至亲的亲人。

“你不善，有人善，你今天不善，并不等于你明天不善，不善的人他终究也会有善的时候。我们这个重生工厂，差不多80%以上的人都是吸毒者，然后他们被感染了艾滋病。他们吸毒的时候，其人性只是跟毒品有关系，只要有毒品，让他们杀人他们都会干。他们是犯人，可得了艾滋病就不同了，他们是病人，你就得把他们当病人对待。我听说有一个外科大夫，当得知他的病人是HIV患者时，竟然把病人抛弃在手术台上自己逃之夭夭了。有这个事情吧，啊，你就说这个医生的人性是什么样的人性吧，他善良吗？

病人就是病人，对他们要有治疗和矫正，而我们的治疗和矫正是一定要建立在善行的层面上的，不要带有什么动机。什么干预啊，什么政策啊，机制啊，对他们而言，你直接就用生命来感化、来关爱，这就够了。

人性是会变的，人心都是肉长的。”

李东的一席话，让柯达感到这个大概要比他小 10 多岁的人在这种特殊环境里来管理这些特殊的人群，他是会管理好的。现在的重生工厂已经改头换面，你走进大门，这里山清水秀，花园草木，生机勃勃。李东给柯达介绍着这里的一草一木。他说：“归根到底，还是我们的市委书记、市长好，这些病人摊上了好领导。柯达你看这楼房盖得漂亮吧，这是市委市政府拿出部分资金给盖的。我们周边环境的建设美吧，嗨，这都是市委市政府的功劳。他们非常关注关爱这部分人群，谁到我们这里，都喜欢这里。空气好，环境好，我们这里什么都有，养鸡、养鸭、养鹅、养猪、养鱼，你看这鱼塘，一年到头，我们吃鱼是不成问题的。这一片是关怀中心社区，是艾滋病人居住的地方，那边的康复中心属于社区戒毒中心。政府这样安排的好处是，对社会吸毒人员有一个明确的掌控，还可以快速地实施疾病预防控制检测，然后进行分流传染病人。这样做的结果，既保护吸毒人群不会感染艾滋病病毒，对这些吸毒人员本身及他们的家人健康也是全面负责任的。这两个社区模式的出现，从根本上一方面做到了疾病的预防和控制，另一方面解决了相关执法部门的后顾之忧。现在的强制戒毒所，人满为患，有的地方拥有2000－3000的戒毒人群，每一名警察负责几十个甚至100个吸毒者，警察都是24小时值班，有不少警察都累垮了。另外，在一个戒毒所里，也有不少的艾滋病患者，我不清楚戒毒所里对艾滋病人是如何监控的。我认为我们这里现在监控的硬件设施是最好的，已经收到了很好很稳定的效果了。这不是我说的，这是国家疾病控制预防中心的专家来这里参观时留下的话。”

柯达看到，这个以社区为单位的地方无论从选址还是到周边的环境都是比较科学化的。它在一个山头上，远看，有绿山清水环抱着，乳黄色的楼房，景致很是迷人，令人向往；近看，这里有很宽敞的篮球场地，人工造湖，花园，周边还有山泉奔涌。这里现在居住着700多吸毒和艾滋病人，他们人人都在享受着低保补贴待遇，每个人每个月享受着近200元的低保补助。病人在这里看病一概免费，食宿也是免费的。按说这个P市也是个贫困市，他们所居住的地方也是P市下属的一个贫困县城，但是，这里的市委书记和市长，还有公安及医疗等部门都把重视、关爱、关注这些病人纳入干部目标管理考核评比范畴。可见，Y省的各级领导干部对他们所承担的这份社会责任有多么重视。重担在肩，责无旁贷。

柯达问李东：“就没有要求从你这里走出去的，他在家不也是挺好的吗？有家人照顾。”

李东说：“很少有人愿意从我们这儿回自己家的。噢，对，倒是有一个，这个人叫汪军，他们夫妻俩都吸毒，有两个孩子，一个3岁一个6岁。从戒毒所出来后，他妻子先出来的，就在家里带孩子，他在我们这儿没住上多少天，就打报告要求回家去住。他的大队长在他临走前跟他说，‘你回家可以，但你得保证不再复吸，写保证书，每周都要到你居住的辖区派出所片警处报到一次，由管片民警为你做检测，是否吸毒。我们也会把你的情况报告给村委会，村委会的保卫干事和你的左邻右舍都会对你进行监督的，如果你还是不改前非，以贩养吸地话，我们还得把你送回戒毒所的。’

我们的这种管理是一条龙式的，跟派出所、乡政府、村委会、治保委员会是紧密联系在一起的。凡是从我们这里出去的，我们都会对他进行跟踪帮助。仍然把他当作我们这里的人员看待，对他本人应该是负责到底的。”

在这个社区关爱中心，柯达发现了一个比较神奇的景观——“夫妻间”。李东建议柯达有空去跟他们这些有民政局开具的结婚证明的纯粹夫妻关系的人们谈一谈，聊一聊，他们身上会有很多的新奇的故事的。

她叫凌歌，多好听的名字啊。

“是呀，谁听到我的名字都会情不自禁地说好。要说这名字起的，那得谢谢我姥姥和我姥爷。当年，我还在我母亲的肚子里的时候，我姥姥有一天做梦，梦到我在她面前唱着歌，跳着舞，姥姥一高兴就醒了，她说那一阵子，她跟我姥爷天天捧着字典要给我这个还有8个月才能出生的外孙子起个好听的名字，结果梦里梦到了我能歌善舞，姥姥决定就叫我歌舞吧，凌歌舞。但姥爷是个文化馆工作人员，他听了别扭，就跟我姥姥商量说，后面的这个舞字别扭，不好，把舞字去掉了，就叫凌歌，你看怎么样？这个名字男孩儿女孩儿都能叫的嘛。我姥姥一听，嗨，凌歌，蛮好听嘛。就这样，离出生还有 8 个月的我，也没有跟我商量的余地了，还有我爷爷、奶奶他们竟在同一个时间把我的名字给盘算好了。

“我出生后，全家人 4 位老人还有我的父母，大姨大舅叔叔婶婶都很宠爱我，我就差没要月亮了，我要什么有什么，因为在我们这些小辈人中，我是长得最漂亮的唯一一个小女孩儿，家里天天都有人叫着我的名字，给我送好吃好喝好玩的，凌歌给你这个，凌歌给你那个……我就是掉进蜜罐里也觉得我活着不够甜。高中毕业以后，我就被亲戚介绍到一个县中学当音乐老师，很轻松的工作，整天背着一个手风琴，从这个教室走进来又走进另一个教室，不知愁是啥滋味。

“后来，我处了一个男朋友，这个男朋友我说不上是喜欢他，还是很爱他，反正他不讨厌，很会哄我，惯我，带着我敢去很多地方，包括夜总会，酒吧这类地方都去过无数次了，还带着我去一些过去连听都没有听到的一些地方，比如哪条街有一些人在聚赌，哪些人在卖那什么粉儿，哪些地方专卖假货等等，没有他不知道的。后来，我才知道他就是在这些地方的小街小巷中长大的。他吸毒，后来我也吸。再后来，这个男朋友死了，我就又找了一个男朋友，也吸毒。

“因为我吸毒，我原来拥有的非常和谐美满的家庭也崩溃了。我爷爷、奶奶，我姥姥和姥爷因为我的不可救药，悲愤已极相继都去世了。我妈哭瞎了一双眼睛，我爸人未到 40 却满头白发苍苍。但这些我都顾不上，该吸还是要吸的。

后来，我的第二个男朋友进了戒毒所，他出戒毒所之后，就去了重生康复中心，不知他是被赤化了还是他脑子当时有病，就把我吸毒的事情给说了出去。这样，李东就开始盯上我了。我记得他带着我的第二个男朋友开车来学校找过我3次，希望我去他们康复中心戒毒，我没有答应他，也没有给过他好脸子，‘不去就是不去，你也别劝了，也别再来了。’我万万没有料到，李东他竟是那么一个能坚持的人。他有一天带着几个人，又来找我，说要带我去做一个体检，我当时就把他一顿臭骂，骂得他沮丧地走了。不久，学校里的领导通知我去疾控中心进行体检，由学校保卫处的同事陪着我一同过去，不去都不行。我一猜，这准是李东想出的办法，心里就特别地恨他。检查结果出来后，我吓了一跳，因为我携带了艾滋病病毒，这回我就更恨李东了。

“因为我也没有什么地方可去，我被关怀中心接纳了，之后，李东找我谈了一次话，他的话不多，但让我感到很震撼。他说‘凌歌，你是当老师的，天天跟孩子们待在一起，假如你是一个母亲的话，你最不希望的是你的孩子生病，对吧？假如你是一个母亲的话，你有了艾滋病，那么你最先想要做的事情是什么呢？我问你呢？是什么呢？是不是你要远离这些孩子，你怕艾滋病传染给孩子们，是不是？一个做母亲的，她能不保护她的孩子吗？这是本能啊！凌歌我告诉你，正是因为你这个男朋友有艾滋病，我才一次又一次地去学校找你。我知道你恨我，没关系，我现在让你留在这里，我放心了，我为那些学校里的老师和孩子以及孩子们的家长们放心了。’

“李东的这番话让我挺感动的。我后来才感到他的这些话的分量有多重。我这个人平时自私惯了，从来没有站在别人的立场上去为别人考虑过问题，所以做事做人都挺缺德的。关怀中心这个地方就是一帖灵丹妙药。艾滋病人在这里面非常友爱，大家都是艾滋病人，都是阳性人群，谁也不嫌弃谁，谁也不歧视谁。我们这里有 40 多位女性，什么样的人都有。在外面混得很久，不怎么样的女人，来到这里都会有变化，变得温柔、善良、体贴，有女人的味道。

“我们这 40 多位女性现在都结婚了。关怀中心为我们这 40 对新人都设立了独门独户的家庭房间。我们吃饭都在食堂，但有个家了，这真是很幸福的一件事情，连我自己都没有想到在这个山清水秀的地方我们还有一个关上门就是家的小家。

“我爱人还是我当初就认识的那个男朋友。我们挺恩爱的。以前，我特别不知道去关心别人，现在不同了。我们俩互相照顾，互相体贴，人生苦短，像我们这些人，离开人间是迟早的事情，但我们不悲观。我们这里有个俱乐部，大家天天可以在舞台上唱歌跳舞，我就拉琴，经常也自拉自唱。人就是这个样子，你选择快乐的生活，你活着就快乐，体内的细胞就充实，人的精神状态就不一样。你不快乐，你体内的细胞就缺少营养，就会折你的寿命。为什么就不能选择快乐地活着呢？李东经常跟我们说的一句话，大家都从善如流，这人哎，快乐要是停止了，人也就快了……”

在和柯达的交谈中，李东同时知道了柯达是一个国内挺著名的神经外科专家。柯达跟他讲过，在他接触的病人中，脑外伤或意外伤害，还有外伤患者占手术患者的40%以上。这些人有出车祸受伤，有打架斗殴引起，还有一些意外人身伤害。柯达给李东讲过一个故事，那是两年前的事情了，说："G省有个病人到一个挺豪华的美发店，明明就去理个头发，但这个人霸道惯了，一点小事他都能掀起人命关天的大事出来。就因为在刮脸的时候，他的脸不小心被刮出了一道口子，其实口子并不大，但这个人的脾气却甚大，一个冷不防的大巴掌搧过去后，就给正在为他刮脸理发的师傅打得鼻青眼肿，还掉了一颗门牙。这下子整个美发店的师傅一齐上阵揍这个蛮不讲理的人，其中不知谁把一个梳子的尖头部分插进了这个人的脑袋里，这个人顿时就倒下了。当这个人被送到医院的时候，我一看真是吓了一大跳，因为梳子扎进去的位置正是脑干的一个重要部位，脑干是生命中枢，有一点出血就可以要命的。另外，从片子上看，这个梳子扎进去的时候还穿过了一个静脉窦，静脉窦一出血的话就更不好办了。当时做这样一个病人的手术，我还真有点紧张，但我做好了一切准备，最先把那个静脉窦充分暴露出来以备不测，在他的眼上方切开，把这个梳子取了出来。这个病人真是死里逃生，命挺大的。不过当时看着是很危险的。"

李东说："你这是一下子就救了两个人啊，一个是受伤者，一个是肇事者。"柯达就说："其实，这个受伤者也是肇事者，就刮破一个小口子，他就闹出这么大的事情。就是这么一点芝麻大点的小事，让他给闹得差点命丧黄泉。李东你说，现在的人我就不能理解了，怎么这么暴躁呢，芝麻大点小事情，就能闹大，非闹到出人命了才肯老实一些。这种人天生好斗，还会钻牛角尖，真没有办法。”

李东：“老柯，我想起一件事情来，需要你帮我参谋参谋。”

柯达：“说说看。”

李东：“我有一个大姨娘，她动不动就抽羊角风，抽起来可吓人了。”

柯达：“去医院拍片了吗？”

李东：“拍过了，医生说她脑袋里面有什么什么虫子。”

柯达：“绦虫。”

李东：“嗨，对，绦虫。”

柯达：“做手术了吗？”

李东：“哪敢做呀，脑袋要开瓢的，一直没做，现在吃药控制着呢。”

柯达：“不是你想的那么复杂，现在不用开颅，用微创手术就可以治疗的。”

李东：“这是什么原因引起来的呢？”

柯达：“这是小狗身上的寄生虫，可能是她在打扫狗屎的时候，手没有洗干净，把它们吃进嘴里的，后来就跑到脑袋里面去了。”

李东：“嗨，你说得太对了。我那姨娘养了两只小狗，这可倒好，养狗把病都弄到脑袋里面了。”

柯达：“寄生虫到处都有，日本发生过肝寄生虫，就是在肝脏里寄生的虫子。一般海鲜产品的寄生虫多一些，告诉她们不要生吃动物的内脏什么的，海鲜也要少吃。吃饭前把手洗干净，这很重要。”

十九

柯达：“在座的各位病友，你们好！李主任让我给大家讲一课，我挺抱歉。李主任是凭着对我的知识结构的印象。不错，我一直读书读到医学博士，不瞒你们说，在手术台上，我曾经尽我最大的努力挽救和治愈过无数个一息尚存的病人。但是，今天，我也被感染了艾滋病病毒，和大家的心情一样，同样渴望被救治，可我，我对自己的病都束手无策，对大家而言，我怎么能不歉疚呢。

“好在我知道也了解一些医学方面的常识，如何避免感染的一些方式方法，和大家一起分享，就算我作为一个善意的感染者给大家的一点帮助和建议吧。

“第一个问题，吸毒会让我们的身体得什么病。这是老话题了。大家别笑啊。其实，吸毒就是一种损害，一种破坏，损害破坏我们身体各个脏腑，各个器官，各个神经系统，心血管系统、呼吸系统、生殖系统等。现在有的人对自己的记忆力下降，智力减退，性格孤僻，意志消沉，性欲减退等身体上发出来的一些危险信号，自己解释不清是什么原因造成的，因为你毕竟年轻，正是年富力强的时候，你会接受不了这些问题的发生。事实上，这些都与你吸毒有关。那么，吸毒对你肌体的损害都有哪些呢？

“一个是全身性脓肿病毒感染。比如说，细菌性心内膜炎、脑膜炎、化脓性关节炎、骨髓炎、蜂窝组织炎、肝炎，而且感染艾滋病的机会大大高于正常人。

“吸毒对身体损害的另一个方面是对肾脏的损害。比如说，急性肾衰竭、急性肾小球肾炎、肾病综合症等等。

“对皮肤的损害方面，比如说局部的皮肤反应，如脓肿、溃疡、皮肤坏死。还有手部水肿，手指弯曲的屈曲指，皮肤出现花纹，水泡，接触性皮炎等。

“还有全身的皮肤反应，如皮疹、荨麻疹、紫癜、瘙痒症等。

“吸毒在性欲方面会使人性欲减退，男性会出现阳痿，女性会出现闭经、月经不调等等。

“如果吸毒者吸上掺有杂质的海洛因的话，你身体内的神经系统会出现很快的病变，比如，出现的体内反应是，惊厥、震颤、麻痹，还有视力减弱。如果神经系统发生病理变化的话，会出现多发星状细胞病变，弥漫性脑肿胀，苍白球的退化性病变，脊髓灰质的坏死，肌组织的病理改变，以及周围神经慢性炎症的改变。那么，你就有可能患有急性节段性脊髓炎、化脓性脑膜炎，败血症引起的脑脓肿，还有细菌性内膜炎引起的脑栓塞。

“另外，海洛因吸食过量，会引起人的呼吸抑制而造成人的脑缺氧，容易发生突然死亡。

“此外，静脉注射如果伴有杂质毒品，人就可能直接引起或发生脑栓塞。据我的临床观察，患者出现的脑水肿病

60%都是因为吸毒过量引起肺水肿进而引发颅内高压而发病的。

“可卡因是一种惊厥剂，单剂量的时候可诱发癫痫病的发作。可卡因致癫痫病发作被称为‘促燃作用’。当你不吸可卡因的时候，这种促燃作用仍然在你的体内依附存在，这就是诱发吸毒者再次复吸的潜在原因之一。滥用可卡因会导致一个人经常出现抽搐，还有一些持续性或机械性的重复动作出现，身体失去平衡，以及步态异常，就像患了小儿麻痹症，你看着他跌跌撞撞地走路，随时会跌倒的那个样子，《黄帝内经》中说，一个人走路要是动摇不稳，表明这个人的筋骨要衰竭枯萎了。大家不要乐，这些疾病是相当摧残人的，我们医生只负责修复。疾病除了外界的一些因素外，大多数都是自己日积月累的磨损和破坏造成了疾病。

“我再给大家讲讲我们身体内的最重要的五脏六腑还有一些重要的器官，它们各负其责，每天都在为我们的人体做些什么呢？

“大家也都知道，我们的肝脏长在我们身体的左边，肺子长在身体的右边。我们的心脏是用来调解身体的外表机能的，肾脏是用来掌管体内运行机能的，脾脏具有运化输送我们吃进食物中的精华部分，来营养人体各个脏器功能的。

“人体五脏的作用是藏精守内的，把自己体内无比精华的部分藏住，把守严密，不让它们外散。如果五脏不能藏精守内，这个人会接二连三出现神气紊乱面色枯暗，人必死无疑。上述关于五脏六腑的一些话是从《黄帝内经》里引用的。说五脏，它们是身体强健的基础。

“我们的大脑、骨髓、骨骼、脉象，还有胆，女人的子宫，这六者，都是为我们的人体来感受地气而生的，都能够藏住精血。我们体内的大肠、小肠、胃、三焦、膀胱，这五者，是为我们人体来感受天气而生的。

“六腑对身体的作用是收藏精血而不泻漏，五脏的作用是要把胃里的食物消化和吸收，然后输入一些精华营养给各个器官，最后是把全身的浊气和浊料从肛门内排泄出去。这些浊料也包括五脏排出的浊气，六腑都要接纳。所以六腑的作用是藏而不泻。

“《黄帝内经》里讲，气口是五脏的主宰，凡是酸甜苦辣入口后，都会储蓄存留在胃里，用来营养身体的各个脏腑和各个器官之间的血气。有一个词语叫血气方刚，血气运行反常变异地话，人就会有病。

“大家也都知道，维持人体生命活动最基本的物质是元气。元气是你先天藏在肾脏之中，又依赖于后天身体内的精气和血气来充实补养，元气是生命之本，元气决定着一个人的生命全部，推动和激发五脏六腑、经络组织、器官的生理功能，维持人生命的活力，决定人生命的长短。

“如果人的元气不足，身体就不能产生足够的抗体和免疫力去战胜疾病。所谓的元气大伤，就是在大伤身体，伤在脏器，伤在肌肉，伤在脉络，伤在筋骨，伤在精髓。

“那么，什么样的冲击能伤到身体的元气呢？首先是饮食没有节制，作息时间没有规律，把酒当成水来喝，好逸恶劳；另外，酒醉了，还纵情色欲，房事淫荡，毫无节制，这样就能慢慢耗尽精气，散失了真元。元气在人体内，它的精髓可以养护你的精神气，它的韧性可以养护你的筋骨，如果损伤和耗尽了元气，人就会很快死掉的。举一个很简单的例子，比如我们吸毒，为什么吸过量就死人呢？就是因为过量的毒品中所含有的兴奋剂量太大，元气受到攻击气不可挡，这个人就会暴死。大家都知道一个常识，一个运动员，如果做过剧烈的运动之后，接过一大杯冰凉冰凉的冰水，一饮而尽，这个运动员就会突然死掉，因为他的元气受到了重调，也就是它调理元气调过劲儿了，调的重量太猛、力量太过了，那就物极必反，就是这个道理。

“我这里要告诉大家的是，我们现在都是病人，我们有病了，除了所用的药物治病以外，其余能够保全自己生命长久不衰的不是别的，而是我们自己。我的导师曾经告诉我，一个人，只要他能够保持清静，无欲无求，他的真气就会深居藏在身体内，精神气在体内坚守，而没有耗散跑掉，这样，人就不会生病。所以，我总结出一些话送给大家，平时，你要精神保持安闲，欲望不要太多，心境处于平和，身心没有恐惧，劳动不会使你疲倦，心平气和风调雨顺，你每天都能顺心顺意，时常感到满足满意，吃什么都觉得又香又甜，穿什么都会感到舒适舒服，不羡慕别人如何如何富裕，不妒忌别人如何如何有钱，人人都能做到自然朴实平和，随遇而安，不沾酒色等事，不能诱惑其心志等等，《黄帝内经》里有一句话说得特别好，说‘苍天之气要清静，人的意志要平和’。这样，人一定就会长命百岁的。

“第二个问题，讲我们少用补药。

“我到这里来有一个小发现，我发现有不少的人在用大补的东西。这完全可以理解，现在的人，有钱的比比皆是。但是，大补的补品据我了解，它们并不是人人都可以适用的。因为，人体有阴阳之气。人体的阳气，就像天上的太阳，一天一趟向外运行，天亮的时候，人体的阳气开始运生，中午的时候，阳气是最旺盛的，到了日落，阳气衰退，这个时候，人就应当休息了，阳气开始收藏，捍卫和拒绝邪气上来。人体的阴气，是储蓄藏纳精气的。

“阴阳的重要关系是，阴气宁静，阳气固守，阴阳调和，不可分割。如果阳气太盛，阴气就要亏耗，阴阳如果分离，那人体的精气也就随之而竭尽干枯了。

“如果阴不能胜阳，阳气会进逼你身体的有病之处，病就会发作。如果阳不能胜阴，五脏之气就会互相乱窜，能使你九窍不通，九窍不通就会转化为上下气机阻滞，不通则容易结淤，结淤之症，有好的医生也是治不好这个病的。

“体质虚弱，或者有重病的人，千万不要用补药为他补身。因为补药对体质弱的人不吸收就会损伤元气。你元气本来就所剩无几，再用补药来调解，他身上仅剩下的那么一点点的元气，这个人就给调没有了。身子虚的已经不能再用补药来补的，虚不堪补讲的就是这个道理。

“另外，如果你手脚冰凉地话，我是说男人，你千万不要吃壮阳的药来补，凡是壮阳的药物都会重伤元气的，你吃了就等于把自己送走了。

“我不知道大家对你们自己的身体状况是否了解，了解有多少，到什么程度。但我有句话要告诉大家。你们要信任自己的身体，相信自己身体的防御系统，相信自己的身体里的每一个细胞都是有灵性的。相信身体就是相信你自己。很多人认为我已经携带艾滋病病毒了，我已经是艾滋病人了，这等于是把自己宝贵的身体拱手让给了那些无穷无尽、有强大复制能力的细菌病毒，我们的身体不是一辆破汽车，随着时间的磨损而渐渐成为一堆废铁，我们的身体整体来说是有追求健康的权力的，我们的身体会随着我们自身的生命能量来维持一种良好的循环状态的。

“我有个朋友，他在 45 岁的时候，体检时一下子查出了他身体的问题，他患了胃癌。一般患癌症的病人他的病气都是来源于五脏中的一脏，这个病气就克他的这个脏气，他才会死。举个例子，你的肝有病了，那就克到你的脾，脾病了就会把病气带给了肾，肾再传到肺，那这个人就得死了。这是《黄帝内经》里所说的病气逆行而死的情况。我这个朋友得了胃癌就来找我，我就给他讲道理，胃是五脏的根本，五脏之气通常要靠胃气才能到达。中医治病都是要先观察着病人的气血，容颜色泽以及脉象的虚实，才能治疗。我当时看到朋友的面色，他如果气色枯燥又不润泽地话，恐怕病就是不治之症了。但是，他的气色还是不错的，根本没有病气之相。所以我就告诉他，你现在不需要住院，不需要治疗，需要的是外出放松，去旅游，走得越远越好，玩的时间越长越好，回来后，再来找我。结果，40 天之后，这位朋友却打电话告诉我，他的癌细胞在做检查的时候找不到了。他居然好起来了，这是为什么呢？外出旅游是一件让人非常愉悦的事情，跟着旅游团队，转眼工夫就看到了很多的美景圣地，不停地走动，不停地转悠，心情好，浑身上下没有不跟着人一块儿高兴的地方，看到美不胜收的风景，一个人的整个神经系统，肌肉组织，五脏六腑都在随着人体欢腾雀跃，就是再没有多少气血的人出门置身在这样愉悦的环境之中，久而久之，这个人也会以饱满的正气把体内五脏中的邪气给挤走逼走的。人一旦脉道大通，邪气已去，身体就可以复原，身体也是有灵性的，身体也会说话的，它会告诉你很多的事情，身体是由你自己来呵护和拯救的。

“所以讲来讲去，身体是你自己的，你害它，那是你的事，你呵护它，爱惜它，它会跟你同呼吸，共命运，好的身体就会给你带来好运气的。好吧，今天就讲到这里，大家有问题，可以向我提出来，我们可以交流探讨。但有件事我要说明，大家在这里生活，这里的环境对你们的健康是非常有好处的，希望大家能够珍惜。”

李东对柯达又有了新的想法。

目前的重生关怀中心和康复中心一共有700余人，但是医务中心的医生加上护士总共不到10个人，他曾经在全国发行的报纸上多次高薪聘请医务工作者。有的千里迢迢赶过来看看，对这里的环境他们都很满意，但当他们发现这里都是艾滋病人的时候，都吓得赶紧溜掉了。现在医务室只有两个科班出身的医生，一个是内科的，一个是感染科的医生，两个人都是李东小时候的同学，就冲着李东的为人，人家给了面子才一起过来帮他的。现在，内科医生刘洪雨的母亲有病住在医院里，洪雨就请假过去照顾他母亲了。那天，李东专程去医院探望洪雨的母亲，发现老太太已经瘫痪了，洪雨和他的老婆忙前忙后地照顾着老太太，洪雨显得很不耐烦，当着李东的面总冲他老婆叫唤，李东就心里有数了。像洪雨这样年富力强的医生要找份工作，四处都会给他开绿灯的。李东心里也挺难过的，对洪雨也挺歉疚的，洪雨这几年除了星期天能回一趟家外，其余的时间几乎都放在了工作上了。他不辞辛苦地照料着病人，有几次给病人抽血时刺破了手，差点感染，幸亏他反应得快，及时做了一些消毒处理才没出什么大事。

他们做这个工作太危险了。但李东又没有别的办法，他就对洪雨他们特别好，地方医院里有的待遇，他只要能给到的就都给他们，而且只多不少。有一次洪雨对李东说："老同学，你别这样了好不好，别总想着我们好不好，你够烦的你。"李东就吃了一惊："怎么我对你们好一点也错了吗?"李东确实是错了。刘洪雨这个人挺仗义的，从小就是这样。他还记得李东小时候挺弱的，总有人欺侮他。有一次，他看到一个小同学把李东推倒了，刘洪雨赶紧跑过去就把那个小同学按在地上痛打了一顿，打得挺痛快的。后来，那个小同学就再也不敢碰李东了。

李东的心里真是很复杂，他一方面想放刘洪雨走，他也感到刘洪雨也有妻儿老小，万一在山上感染了艾滋病病毒，那他李东可就是罪人了。另一方面，他又舍不得他走，他毕竟是一个男医生，遇到紧急情况能控制得住，他能当机立断，及时处理好多突然发生的事情。但他也是想让刘洪雨离开的，早早晚晚他要离开，这里根本不是他的久留之地。但是他要是走了，山上就又少了一个生力军。感染科的医生王丽，李东也愿意她早点离开山上。他对她的歉疚就更多了。

人家有丈夫、孩子、公婆、娘家，整个一个大家族，就冲小时候是同学又是同桌，人家王丽就过来帮他，一帮就是几年，连个怨言都没有，你说一个女同志，这么辛苦地工作，担惊受怕的工作她都没有怕过吗？李东左想右想，这个王丽从上山到现在，从来没有给他提过什么要求。一个女同志，应该啰嗦一些，可他怎么从来就没听到王丽跟他啰嗦过什么呢。嗨，这两个老同学，李东都应该让他们离开，尽快离开。可是，李东心里又开始矛盾起来，他不时地扪心自问，如果我让他们下山的话，这医生我又上哪里去寻找呢？

一天晚上，柯达和李东一起在操场上散步。

柯达："我觉得挺奇怪，这里的病人什么问题都问，李东，我怎么就没遇到他们用药有不良反应的问题呢？"

李东："这个事情我可以跟你说明一下。我从2000年初就开始着手药物问题的研究。那个时候，我们这里还没有抗病毒药物。后来有了药物，又都免费，我也挺积极地响应政府号召，那个四免一关怀，对吧。再后来，我就发现出问题了。你说那些艾滋病人，身体本来就很虚弱，他们用了抗病毒的药物之后，那种不良反应，又吐又泻直到脱水，折腾得半死不活的。我看不下去，心里也不踏实。病人嘛，我不反对用药物治疗，但我反对的是已经有了强烈的药物不良反应干吗就不能停药？再不停药的话，这个人就得死了。你说他已经耐药抗药了，为什么还要继续用呢？是，后来我也了解了，使用抗反转录病毒联合治疗，不能停药还不能减药量，但这个不良反应是让人不能承受的啊。我也做过一些调查，我发现病人使用抗反转录联合治疗，我这里不是说他们的死亡是这些药物直接导致的结果，但我们这里的艾滋病有40多人的死亡我认为与这些联合治疗方法有关。比如说，由服药后引起的心脏或肾衰竭的死亡我们这里也是有的啊。

“我在10年前就开始着手翻阅我们中西医结合的奠基人张锡纯的《医学衷中参西录》，感悟颇多。那时候就恨自己文化太低，看不太懂，但我肯钻研哪。后来，我同上海交通大学生物医学研究所一起经过几年的试验，最后终于研制出一种中药出来。这个药只要你坚持喝下去，CD4的计数就会很快上来了，几天就会上到3至5个。药的主要功能是提高机体免疫力。我们给这个中草药试剂取名叫‘千草录’。现在在中心我们免费供艾滋病人使用，连我自己天天都喝，关键是没有任何副作用的。你来一瓶不?”说着，李东从兜里掏出一个小白瓶，用手先打一瓶送进了嘴里。柯达接过药瓶看了一眼，也打开送到了嘴里，然后嗯了一下说：“中医的最大魅力是藐视敌人，强大自己。”

李东：“柯医生，我想问你一个私人问题，也不知道该不该问?”

柯达：“你问，你问吧。”

李东：“你感染了以后，家里的情况怎么样了啊?”

柯达：“这没什么不好说的。我爱人带着孩子两年前去了美国，我的岳父岳母都在美国，也是为她们的安全着想。”

李东：“爱人从没有跟你提出离婚?”

柯达：“我跟她提过，她没有同意。”

李东：“你应该去美国，那里的情况比这儿要好很多的。”

柯达："爱人已经打过许多电话了，催我过去。我不想走，至少现在不想去。"

李东："应该去，你是个人才，在那边你都会有用武之地的。"

柯达听出李东在奉迎他。但他知道李东不是那种看人说话的人。柯达心里在想，他会不会有事情要说呢？

李东见柯达半天没说话，就接着说："柯医生，跟你说句大实话吧，我们这里很需要你的。你愿意多留几天吗？嗨，你瞧我性子是不是太急了哎。柯医生，我这个人，你也了解了，心里不藏弯弯道道。我是不惧怕困难的，我也不惧怕任何人。但是我很怕我身边的艾滋病人遇到骨折，出现胸内感染，什么需要做肝胆手术等一些机会性感染，我他妈就怕他们需要做手术时，找不到医院，找不到外科大夫。你不知道，关键的时刻，那是真找不着啊。我们山下这个县城，为了我们这里的艾滋病人，党和政府联合集资，特意为此成立了一个传染病专科医院，但是医院的楼盖好两三年了，就是聘不到有资历的医生和护士，也不能怪他们，谁一听说这个医院要收治艾滋病人住院，谁都摇头走人了。有一回，我们关怀中心有一个艾滋病小伙子外出给中心办些事情，不幸出了车祸，身上多处骨折，当时发生车祸的所在地叫 W 市，这个小伙子被人们直接就送到了 W 市第一人民医院急诊科。别看这个小伙子身上多处骨折，他的脑袋还是比较清楚的，他当时就告诉救他的大夫，说我有艾滋病。这个大夫立刻放下手，很惊恐地看着他，然后马上就向送他过来的几个人挥手说，这是艾滋病人，赶紧送传染病医院吧。医生就扬长而去了。送这个小伙子来医院的几个人一听说他们送的这个人是艾滋病人，都紧张得不得了，赶紧去洗手间处理慌忙救人的时候手上、身上沾上的血迹。这个小伙子就在急诊室里没有人管了。等我们的人赶到的时候，把小伙子送往传染病医院，已经耽误了好几个小时。更气人的事情还在后面呢。我们把人送到了W市传染病医院，接诊的大夫看到病人身上发生多处骨折，动都没动就说，‘赶紧送第一人民医院吧，我们这里做不了这些手术。’我们的医生当时也来到现场，说，‘咱们救人要紧，只要有手术室，我来做这个手术。’接诊大夫就说，‘这个医院根本就没有手术室。’于是他们就争吵起来，差点打起来。好在我们的医生很有经验，在大家打打闹闹的当中把受伤的小伙子又送到了刚才离开的第一人民医院。这样一折腾，又耽误了1个多小时。再次到第一人民医院时都惊动了院长。院长后来跟我们解释，‘不是我们有意往外推你们，是卫生部有规定，我们不能收治艾滋病人，我们要是救了一个艾滋病人，同他有过血液接触的一大堆的人，这里有医生、护士、病人……要是都感染了，这个责任我是负不起的。李东你也得体谅体谅我呀，是不是？’这个小伙子后来多亏了我们的那位医生，他会正骨，是我们自己的医生救了他，他才24岁啊，医院怎么能见死不救呢？嗨，就是不救啊！后来大家就怪这个小伙子太实在了，为什么告诉人家你是艾滋病人啊，你不说，谁也不知道。我就表扬了这个小伙子做得对，为了他人的安全，他这么做是对的。我们是艾滋病人，从人性方面来讲，不能因为自私而不透露隐情，隐瞒实情会造成他人被感染，这就有故意传播之嫌。艾滋病人也有人格，也有正义感和责任感，为了他人的生命安全，尽管这些‘他人’也有不仁道之处，我们做我们自己该做的！我是经常在大会上讲，就算是一种灌输吧：一个艾滋病人，如果在外面不幸遇到了碰伤或流血事件，你第一时间要给中心打电话，给我打电话，同时要再三提醒给你包扎伤口或处理你流血的医护人员，注意消毒，一定要提醒他（她）注意消毒。这是一个人做人的原则。艾滋病人也是人，被人尊重和尊重别人从你、我、他开始做起嘛。”

听到李东的这一番表述，柯达很感动，说：“李东，你给我点时间考虑考虑好不好？”

李东一脸兴奋的样子赶紧表示：“好啊，好啊。”

二十

Y省的星海大学，在我国的西南地区算得上是一所比较著名的高等学府，大学的小会议礼堂足够宽敞，足够明亮，阳光充沛。柯达跟在许清教授的后面一同走进小礼堂大门的时候，他感到这里十分的惬意。

会议开始不到几分钟，柯达就知道了这是国内一些社会学家及一些医学专家的一个学术会议，也是社会科学领域与中国艾滋病防治的研讨会议。这让柯达坐在那里开始浮想联翩。他两年前还是一个非常健康、有着充沛精力的外科医生，曾经参加过无数个有关外科医学的学术研讨会。如今，他将进入的学术领域将是艾滋病预防领域，而他一个艾滋病病毒携带者、一个被感染者，他能做些什么呢？此时此刻，他掏出一个随身带着的小本子准备记录专家提出的一些值得探讨性的学术问题。

有位公共卫生专家提出："为什么西南地区艾滋病问题中80－90%都是跟毒品有关？难道少数民族就愿意吸毒吗？"

这位专家主要要探讨的问题是，我们国家许多少数民族都在面临着文化生存危机。他举例说明，2000年初期，他做过一项调查，东北的鄂伦春族，其自杀率在全国少数民族中是最高的。柯达听到这里，他想起了尹医生的那个小宋村里几千人口的少数民族确实到了今天，也仍然存在着文化生存危机，而且这个危机也是不得了的。在小宋村，方圆几千里地，分散居住着景颇族、傣族、布依族等十几个少数民族。柯达也曾了解到了一些情况，比如，无论是这个民族里的优秀的小伙子，无论是他们大学毕业、大专毕业还是高中毕业，在这个少数民族群居的自治州本地，他是绝对找不到工作的。许多有文化的年轻人都在自家开出来的地里种地、种菜，维持着自家的生计。柯达曾搭坐过一个 18 岁小伙子的摩托车围绕着小宋村附近转了转，小伙子指着几片长势旺盛的庄稼地告诉柯达，这些玉米地都是我家的，玉米都是我种的。柯达问小伙子，怎么不到城里去打工呢？小伙子说，也去过，工作不好找，离家又太远，父母后来就不让去了。柯达看到，小伙子才 18 岁，却被这里的阳光晒得黢黑黝黑的，看上去十足就是一个 30 多岁的铁壮汉子。柯达还发现，这个小伙子虽然是大专毕业，但他根本不会说普通话。也许，语言不通的问题才是他找不到工作的障碍吧。

又有一个社会学家兼医学专家提出了一个非常敏感的问题：“艾滋病传入我们国家 30 年了，直到今天，我们有多少个传染病医院能够收治艾滋病人呢。30 年过去了，我们现在有没有能为艾滋病人做手术的专科医院呢。专家说，没有。就是说，如果有传染病医院但不设艾滋病科室，也不会愿意收治艾滋病人的对不对。更何况我们现在医院里的医生，即使他比较注重医德，出于善良的人性本能，较少考虑医生的职业风险，也不会愿意为艾滋病人做手术的。我说的这是一个显而易见的问题，对不对?”

在柯达看来，医学专家提出的这个问题是他眼下再熟悉不过的问题了。

柯达的一个大学同学，在N市的一家医院工作，有一天，他就收治了这样一个病人。这个病人手术之前必须要做一个HIV检查，结果发现病人是艾滋病病毒携带者。这个同学就不能给这个病人做手术了，马上将病人转到了传染病医院。老同学的意见有3点，第一，他没有给艾滋病病毒携带者的病人做手术的经验；第二，医院有规定（卫生部规定）凡是艾滋病人都必须送传染病医院的；第三，医院没有针对艾滋病人的整套防护设施。据这个同学讲，当时，他把这个病人介绍到传染病医院，这个传染病医院也不愿意接收这个艾滋病人，理由是他们的外科技术不行，防护设施也不行，还从没有给艾滋病人开过刀。还有另一个理由，我们是传染病医院，不具备外科开刀的科室设备。柯达还知道，业内有一家医院在给病人做胃镜检查前，先检测其HIV，如果是阳性，那就不能做了，因为要是给他做了胃镜，那他如果把艾滋病病毒传染给了别人该怎么办呢?

柯达要是站在他那位大学同学的角度上去考虑问题的话，他不能冒着自己被感染的风险来给这个艾滋病人做手术也是有道理的。这其实不是谁来做手术的问题，而是医院的条件比较受限制。比如说，手术时碰到病人大出血，病人的血就有可能溅到医生的眼睛里，医生没有防护设施，他也有可能被感染的。另外还有可能出现的问题是，一个艾滋病人动手术的话，需要至少5人以上的医护人员相互配合，这其中有什么意外和差错的话，一般医院也是防护不了的。

柯达要是站在自己的角度考虑这个问题，他就认为，艾滋病人也有他住院和做手术的权利，虽然他已经被感染了，但将来或不久的某一天，他也会住进医院或者要做手术的，于是，他就会站在艾滋病人的角度去考虑问题了。

按照有关规定，艾滋病人应该有专门的医疗机构诊断，专门的机构治疗。这就表明，只有艾滋病专门的医疗单位才能专门治疗艾滋病人，其他的一般医院是不能收治艾滋病人的，原因是一般的医院防护设施功能较差。

但是艾滋病人他们都是病人，他们随时随地都会发病或者出现机会性感染而入住医院需要手术治疗，他们每个人都享有住院和开刀的权利的。

柯达认为，当前，许多的艾滋病人还没有达到像李东他们重生关怀中心那样，把艾滋病人统一集中起来共同进行治疗和管理的政府行为。虽然有的医生不愿意去做艾滋病人的手术，但同时也一定会有医生愿意去做这样的手术，比如柯达他自己。柯达想到这里就又想起了李东，他认为李东他们那里的一些防护措施做得就很好。他们做得好的地方也包括了艾滋病人的隐形垃圾等。比如，一个小手术所产生的医源性垃圾问题。还比如，手术中会使用的吸引器，把病人的体液和血液都严格地吸到了固定的垃圾袋里，包括使用过的手术器械，医生用的手套，手术袋等等，他们都会把这些污染垃圾集中起来焚烧，并且在专门的处理场地进行焚烧。那么，这些垃圾就不会影响到他人的健康了。

一个医生，尤其是传染科医生，他自信自己能够避免手术中可能会出现的危险，他才能够给病人实施手术，这是在知情的情况下，会采取很好的保护措施来保护自己，把万一感染的可能性降到最低。医生也需要尽最大的努力保护自己。因为医生享受的是最低的人身保险，甚至有的医院至今还没有这项保险。

但是，是不是所有的艾滋病人都要集中在传染病医院来治疗呢？卫生部下发的这个规定大概已经有几十年了。这几十年来，社会发生的方方面面的变化有多么巨大？尤其是《中华人民共和国传染病防治法》所规定的，发现甲类传染病病人（霍乱、鼠疫）和病原携带者，乙类传染病中的艾滋病人，炭疽中的肺炭疽病人，应当立即报告，予以隔离治疗，拒绝隔离治疗或者隔离期未满擅自脱离治疗的，可以由公安部门协助治疗，单位采取强制隔离措施等规定，柯达颇有疑问，他的问题是，现在的社会变化针对这些规定是不是应该从长计议，有所改变和完善呢？

柯达曾经看到过由国家预防控制艾滋病专家委员会在《致医务人员的一封公开信》中指出，“对艾滋病人和感染者要予以关怀，同情，帮助他们解除心理负担……每一个医务工作者都应该充满爱心，用我们的双手和知识去帮助受艾滋病威胁的同胞。”柯达为此很受感动，很受激励。他非常喜欢黎家明先生的一段话，他甚至都能对这段话倒背如流，他把这些话重复地说给那些艾滋病人的时候，是带着一种深情，带着一种渴望，带着一种寄托的。他在李东的关怀中心的时候，赶上一个周末的晚上，几百个艾滋病人聚在俱乐部看节目或表演节目，大家非让柯达来一个节目不可，柯达没有准备，李东当时为了给柯达解解围，就说：“你来个说的、唱的、朗诵的、跳的、舞的什么都行，大家伙说，是不是啊?”欢呼声立刻四起，柯达就涨红了脸走上舞台，面对台下一双双期待的眼睛，说：“这样吧，我把一些我比较喜欢的话说给大家听听。这些话是一位叫黎家明的先生在其写的《我们的节日》中的一个选段。黎家明先生也是一个被艾滋病病毒感染的大学毕业生，他在网上发过很多的文章。下面，我就背给大家听吧，我特别喜欢这些话——

‘如果有一天，我的手破了，我去医院包扎，我可以坦然地对医生说，我是艾滋病病毒携带者，请注意消毒，而医生和其他病人都能很平静。

如果有一天，我去理发，我对理发师说，我是艾滋病病毒携带者，请注意消毒，而理发师和其他客人都能很平静。那一天就是我们的节日！那一天，所有的病人都可以站在阳光下，平等地享受生活的乐趣和生命的自由，享受家人和朋友的关心和鼓舞，重新鼓起勇气，坦然面对命运的安排。那一天，就是人类成功防治艾滋病的节日。也许我看不见、等不到那一天，但我坚信，那一天必将来临!’”

说到结尾的时候，大家看到柯达激动地举了双手，然后放下。这时候，李东正好已经走上舞台，柯达一下子把李东的一只手拉起来，李东和柯达的两双手同时又举过头顶，柯达又高声地喊道：“那一天必——将——来——临!”

台下顿时响起经久不息清脆的掌声和起伏连绵的喊声。看着下面几百人欢腾舞动的样子，柯达决心已定，他要尽快尽早地请求冯婉妮家人的帮助，开办一个艾滋病专科医院，只要艾滋病人出现机会性感染，来到这个医院，他柯达就能用爆发出来的精力和高明的医术去拯救他们。也只有冯婉妮这一家人有足够的经济实力，可以来承办这件事情。因为，冯婉妮的父母在当今的美国社会的华人圈子里也是屈指可数的大富豪之一。他的岳父母富了之后，公益性的慈善事业做了很多很多。他岳父曾经对冯婉妮说，柯达那边如果有困难有需要的话，我们一家人会鼎力相助的。冯婉妮电话上还兴奋地告诉柯达，在美国，父亲已经为柯达找到了控制和治疗艾滋病病毒感染者最好的医学专家。另一个好消息是，美国药管局现在已经研制出一种艾滋病鸡尾酒疗法用药，感染者每天吃一粒，吃饭中服用，可降低血液中艾滋病病毒的载量。它的这种疫苗能够有效地防御艾滋病病毒的增长数量。

柯达在电话这边听到冯婉妮的这一信息，就直摆手直摇头，说："不太可能吧。"他比较相信的一个事实是，至少在3年之内，人类还是不会找到艾滋病病毒疫苗的。他曾经看到过一则来自美国的《自然》杂志上登载的消息，提到美国俄勒冈国家灵长类动物研究所中心的路易斯·佩克博士在文章中说："细胞巨化病毒（CMV）能使免疫系统始终对艾滋病病毒保持警惕，这种试验性药物疫苗只能够完全控制一些动物体内的病毒，像猴类免疫缺陷病毒的猴子，用此疫苗后控制感染已经超过了1年以上。该项研究还没有用于人类的临床试验。"

二十一

柯达和许清教授道别之后，他坐上了开往 G 省省会海滨市的列车。刚上车不久，冯婉妮的电话就从大洋彼岸打了过来。每次听到冯婉妮电话里柔美甜润的声音，柯达就感到自己的身体变酥了。他和冯婉妮远隔太平洋，每一星期通一次电话。可他们夫妻却心气相通，浑然达于一体。要不是柯达被感染了，他们的婚姻就是标准的中国传统式的幸福、和谐、美满的婚姻。

冯婉妮又是兴奋地告诉柯达，说她从美国飞回来了，现在已经到家了。她问柯达，什么时候能够到家？柯达心里一阵惊喜，到底是自己的老婆，还没有把我扔掉啊。当听到柯达还有 36 个小时才能到达 G 省省会海滨市的时候，冯婉妮那边发出的绝望已极的柔和哭腔很快就灌进了柯达的耳朵里。

放下手机。柯达又忽然想起李东送他去 K 市之前，曾经送给他一个小包包。他从行李架上打开提包，拿出那个小包包，打开一看，不由得笑了。那是李东送给他研制的“千草录”，有好几百个小白瓶。中间还夹有一张字条，上面写道：“老柯，这些小瓶药送给你享用吧，我盼着你的 CD4 细胞的计数永远保持现在的不变状态，不用治疗，不用吃药。老柯，再跟你啰嗦几句吧，我真是为此事郁闷了好长的时间。我就是想不通，为什么世界卫生组织都不允许用的有关抗病毒的药物，我们这里还勉强艾滋病人使用呢。我想不通，就是想不通。”

柯达看着李东的字条，心里就在想，这个李东啊，嗨！他现在为这些烦心的事情已经有了心结了。我还得跟他谈谈。这心结要是不解开的话，李东的心情就谈不上好。柯达记得在关怀中心，他给大家做了一个生存质量调查表，发到每一个人的手里，其中有一条，你有多少忧虑？所给的答案是：1. 完全没有；2. 有一点；3. 经常有；4. 总是有。李东选的是第4条，总是有。

沮丧的感觉对你的困扰有多大？所给的答案是：1. 完全没有困扰；2. 有一点困扰；3. 有困扰；4. 比较困扰；5. 极困扰。李东的选择是第5条，极困扰。当时这两个问题柯达就记住了，他想着要抽出时间来跟李东谈一谈，但一直没有寻到机会。李东的压力过大了一些，他同时有很多想做的却又做不了的事情。他身边的这些人不知道哪一天又突然走掉1个，他就得跟着去火葬场送行。他要忙的事情太多，没有头绪，他就很着急。加上李东为人有主见，个性刚强，做事果断，有毅力，有开拓和创新能力，还能善解人意，体察他人的难处。可是他就是不喜欢对事情进行推理，人还比较固执。柯达想跟李东说的就是这些，另外，柯达还想说的是，世界上有很多很多令人想不通、想不明白的事情，既然想都想不明白的事情，那就让其顺其自然，戛然而止，不再去想了嘛。想下去就是想得很烦恼，不再去想的一些烦恼就丢了，丢了就丢了，不再去寻找。重要的是去做，你李东已经去做了呀，而且做得很多啊，去做就是了嘛。

火车风驰电掣般呼啸着穿过一个又一个的大山洞。Y 省的山山水水可真是美不胜收啊。柯达兴奋之余，想起应该给老同学白菜打一个电话。两年前，自从冯婉妮带着妮妮去美国之后，柯达除了有事电话请教白菜帮忙之外，无事的情况下，他没再找白菜下过棋。他们俩下围棋成为亲密棋友那还是在大学里，现在的柯达已经有 3 年多不下棋了。他有些事情是不需要去做的，因为他感染了，他要好自为之。即便他的好朋友、好同窗白菜对他和冯婉妮难以忘怀，他都要严格律己，珍惜对方，料他们也不会怪罪于他。柯达心想，只要你让他们感受到你对她和他的关心和你对她和他的重视，很多问题自然而然就能迎刃而解。

这次回去后，柯达准备跟白菜说出一个小秘密，他准备和冯婉妮离婚。柯达心里想的是，如果我把小秘密跟白菜说了，白菜见机行事地话，说不定柯达就能真正撮合成这一对老朋友。柯达对冯婉妮是了解的。即使他们离婚了，她冯婉妮该帮他的时候，仍然会帮。冯家仍然是他的家，岳父母仍然会把他当作自己的儿子看待的，这一点柯达深信不疑。

另外，柯达还要做一件事情，那是针对冯婉妮健康安全而言的。他希望白菜也做一个 HIV 检测。白菜做完复检之后，也就是半年以后，白菜如果是抗体阴性地话，柯达再把他和冯婉妮之间的小秘密告诉白菜。

于是，柯达拨通了白菜的手机。对方睡意正酣被叫醒的低懒懒的声音传来：“喂，是老柯啊，你还活着呐，是你吗?”

柯达:“装什么装啊你?白菜,你还在被窝里呢?白菜你听着啊,冯婉妮已经从美国回来了,我现在在火车上呢,大概还有30多个小时才能到海滨市。你这么着吧,帮忙买点吃的东西,代我看看我老婆好不好?我家里现在什么都没有,冰箱都让我给切断电源了。”

白菜那边立马答应道,“哎,就去,就去,我这就去。”

柯达:“你不上班了?”

白菜:“今天不是星期天嘛,好了,撂电话了啊。”

柯达看看手机,时间是2010年12月3日上午10时30分。他想象着白菜正忙着爬起来,忙着洗漱,忙着上厕所。柯达想着白菜那慌里慌张的情绪动作,他就想笑。柯达嘴角稍微翘了一下,就算是笑了吧。那种苦苦楚楚,说不清楚的苦笑袭上了他的脸。

“先生,我看到你手里有那么多的小白瓶瓶,那是什么东西啊?”一直在柯达对面坐着的一个小姑娘很爽朗地和柯达搭起话来。柯达没有注意到这个姑娘是一直盯着他看的。他笑了,说:“朋友送给我的营养液。”那姑娘又好奇地说:“好像没有生产厂家的哎。”柯达心想,看来,她是盯着这个小白瓶看得还挺仔细的呢。柯达刚才拿着一个小瓶在手里翻弄着,边玩边想着李东,然后好像不知不觉打开小瓶子就喝了下去,然后空瓶就让他放在了列车过道的小桌子上了。他一看桌子上面那个小空瓶已经不见了。“你,你是在找那个小瓶子吗?叫那个列车员收拾掉了哎。”姑娘告诉柯达。

柯达:“你是大学生?”

姑娘:“算你猜对了,嘻嘻嘻。”小姑娘笑起来眼睛眯成了一条缝儿。柯达心想,这个孩子蛮可爱的,他忽然想起自己的女儿妮妮，妮妮要是长到她这么大的时候，一定比她更可爱。想到妮妮，柯达心里又不是滋味了。

妮妮已经在美国读书了。冯婉妮告诉他，妮妮的状况很不错，家里给孩子请了两个家庭教师，其中有一个就是中国人，是一个留学生。冯婉妮主要考虑的是，妮妮将来还是要回到中国来的，一旦她回到国土，她不认识中国字，那不是挺遗憾的事情吗？冯婉妮想得也挺周到的。柯达想到这里，他的心里又泛起了一些波浪，他在想，冯婉妮的这次回国，她是一定要把他带走吧。美国的生活条件对柯达的身体状况是有很大的好处的，柯达曾经在最困难、最无助的时期，是想去美国来着，现在他已经没有这种念想了。他想的不是自己将来能活下去，能活到多少年，而是他感染了，他不可能让自己的疾病拖累他最亲爱的岳父岳母，包括他的妻子、孩子，他柯达不能这么自私自利。他一个人在国内挺好的。最初感染时的那些绝望、恐惧，现在在他身上已经荡然无存。他也有了一些事情可做。自己的那个单位已经有了很大的转变，院里虽然给他办理了提前退休的手续，但院里的一些重要手术，学术交流会议都要请他来参加的。另外，像季明教授、许清教授、导师陈远教授，他们都不时地有些项目、有些事情来请柯达务必参与的。他已经答应了李东，答应了季明教授，答应了许清教授，只要有艾滋病人需要他来做手术，只要是打一个电话通知他，他就会立刻赶过去。他万万没有想到，他感染了之后，所要做的和忙的事情居然比他当医生时还要充实许多。当医生时最不合他心愿的是，挤不出时间来写书。现在不同了，除了需要忙的，他将有一大部分的时间可以坐下来，整理思路，著书立说。以前，他写的一些书均围绕着外科微创技术方面来展示他的专业才干。现在，他要涉及的，不光是微创技术，《艾滋病在痛》、《艾滋病是不是在哭?》、《这个世界与艾滋病是有距离的，为什么?》、《艾滋病撞响我们的声音》、《两眼茫茫艾滋病》、《穿上艾滋病迷彩》、《艾滋病把我们重重托起》等等诗歌散文作品已经在中国艾滋病病毒携带者联盟主办的《声音》杂志上发表了，但柯达感到还是不解渴，他正在酝酿新的作品，他还需要深入艾滋病的一些重灾区，去体验生活，去充实自己。他还将用文学创作的形式来展现他的一些纪实文学成果，这都需要时间才能实现。柯达有时想得很简单，自己的状况看起来比较平稳，但艾滋病病毒携带者也会突然出现因心源性猝死而告别这个世界的。在这一天还没有到来之前，柯达他就是要把握住时机，做最有行动力的自己。他曾经给自己制订了6条简单易行的行动法则：1. 生活简单；2. 多点给予；3. 少点期盼；4. 不存烦忧；5. 不留怨言；6. 知足常乐。这些法则现在每天都使他轻松地活着。他最先要做的事情是和冯婉妮谈。一谈和她离婚，二谈要建一座艾滋病专科医院。柯达在想，这两个问题根本就是两回事情。两个事情都要跟她谈出来，是不是太残酷了？也许第二点是他们可以谈下去的内容。往再远的地方想一想，这第二件事情也许会在2～3年内，如果柯达他还活着的话，他是能够看得到全国第一个艾滋病专科医院矗立在一个环境优美、依山傍水，花园草木郁郁葱葱的仙境之中的，就像李东的关怀中心那样处于深山峻岭世外桃源里，他相信凭着他对冯婉妮一家人的了解，这个愿望他是一定能够实现的。

和冯婉妮谈离婚，这件事情让柯达很是为难。他要离婚的理由就是希望冯婉妮能够幸福。可冯婉妮曾经给柯达提出的几个问题让他来回答，柯达真的就让她给问住了，回答不上来了，让柯达感到奇怪的是，她这么一个小鸟依人的女人哪里冒出来的一股力量，让柯达感到很吃惊。

“第一个问题，你所说的让冯婉妮幸福，或者说希望我冯婉妮生活幸福，无非就是有一个男人能给我性生活，对不对？其实，柯达你是最了解我的人，我的性欲有多低，你不是不知道吧。哪一个男人能像你那样体贴我、容忍我、放纵我，你说有没有哪一个男人能像你那样为了照顾自己的女人的喜好嫌恶憋闷着自己，有没有，柯达你说，有没有这样的男人？

“第二个问题，两个人能走到一起，想到一起，相互支持，相互帮助，都快 10 年了，一块石头我就是捂着把它捂热也需要时间啊。我们女人一辈子里有多少个 10 年来重新选择一个男人，来做伴侣，天天伴在一起，不吵架，你让着我，我体贴着你，有这样的伴侣吗？你柯达和我冯婉妮就是老天爷开眼了才让我们能够走到一起的，你说离就能离吗，你能撇下我，我怎么能撇下你呢？两个人在一起就是一个整体，一个天，分开了，天就被劈成了两半了，你让妮妮想爸爸却够不着爸爸，你忍心让我们娘俩都沦落到想你却够不着你的地步吗？柯达，你让我很伤心……”

说到此时，冯婉妮已经涕泣不已，后来就是边流泪边哭诉的：

“第三个问题，柯达，我知道你凡事总是先替别人着想，你替我们娘俩儿的未来想得太多，太过分了。我不能指责你，谁得这种病，谁都会考虑感染问题的，我不怪你，但现在我们是一家人，你有事了，我同你一起承担，我有事了，我相信你也会同我一起承担的。关于感染问题，我同你一起来承担，我要坚决同你一道来承担，我的好柯达啊，哇，哇，哇……”

冯婉妮每说一个问题，就要痛不欲生哭一阵子。

“我们就是要站在一起，我们共同来对待和解决这个问题。事在人为，我就是被你感染了，我也愿意。但我相信我们都不会像从前那么愚蠢了。”她的这一席话当时就勾起了他的一些回忆。他当时看到冯婉妮的第一眼时，他的心就怦怦跳个不停。这种跳法是他从前从未发生过的，心怦怦跳的同时，他就下定决心，这个女人一定就是我柯达的女人了。

这个女人唇红齿白，下巴圆润，声音甜美，眼睛清澈。一个男人如果拥有一个这样相貌的女人，生活一定很美好，因为这样的女人性格中庸，既不情绪化也没有大起大落的生活不幸，而且她又很善解人意，使得家庭内聚力增强，感情基础坚实。选冯婉妮做老婆，这是柯达最为自豪的一件事。但是眼下，柯达很愧对冯婉妮。要是在没感染之前，冯婉妮能够如此认真地跟他谈话，他就会控制不住自己，会上前抱住她，用唇之吻，还有舌之吻来温存温存老婆。这也是冯婉妮最最喜欢的一套活动游戏。每当他们俩人的嘴唇互相在一起上上下下进行摩擦时，不管时间是长是短，那种无可言说的感觉，都会很快让两个人的心行动起来。还有舌之吻，那可是冯婉妮传授给柯达的一种吻法。听冯婉妮说这是美式吻法。用舌头缓缓地品尝着对方口中的每部分的位置所在。往往一进行舌吻，冯婉妮就开始扭动起舞，她的身体柔柔绵绵翩翩舞动起来，她的腰身也会让柯达的兴奋神经很快漫上身来，俩人的做爱前奏就开始了。不过，也许是工作太累的缘故，40 岁以后的柯达就感到自己的精力很不如从前了。有时候，冯婉妮主动提出是否来一场舌吻之战，柯达都觉得这一天手术下来，体力有点不支，事情就这么一推了之了。有时候，一个多月过去了，他们居然同床睡在一个大被窝里，可就是想都没有想过做游戏，有时候做做亲热的亲密抚摸也就草草了事。冯婉妮百般体贴柯达，只要柯达觉得累或兴趣较低，她是从不勉强柯达的。想来就来，想不来就不来，一切都随从柯达的意愿，她冯婉妮自始至终根本就没有对性的迫切要求。她冯婉妮一定是在柯达有情趣的挑逗之下，或寻衅挑逗之下她才会有点小冲动。但柯达仍然觉得很满足，冯婉妮也说她也很满足，柯达认为她说的是事实。像冯婉妮这样的人柯达觉得不解的是，她怎么那么容易满足呢。就是因为她家里有钱吗？

现在的光景，一切都被改变了。柯达仍然在想，这次还是要提出离婚，要跟冯婉妮坚决地分开，要让冯婉妮嫁给白菜。依着柯达对冯婉妮的了解，她肯定不愿意嫁给白菜，以前她就跟柯达讲过，白菜跟你没法比，他比你差得远着哪。但是他知道白菜喜欢冯婉妮。嗨，撮合吧，总得有人来撮合他们，柯达就准备当个三孙子来撮合他们，成与不成，他都要尽力的。他甚至都想到了一个生活的细节，他还要告诉白菜使舌之吻这一招的秘密武器，冯婉妮就能束手就擒。柯达想着自己也够不像话的了，这要是让冯婉妮知道了，他肯定要遭到她的唾骂的。真是对不起了，冯婉妮呀冯婉妮，你说我的命有今天没有明天的，我不忍心拖累着你。白菜会对你好的，我向毛主席保证。白菜对你会比我对你更好的。柯达一路就这么无边无沿儿地畅想着。他决定给冯婉妮写一封信，信中能更透彻地说明白一些事情。柯达一路上就这么想着，接下来，他又想起了冯婉妮提出的第三个问题。

“第三个问题，柯达，我们都是受过高等教育的人，是有知识有文化的人，对吧？难道你不知道，当今的社会，无性的婚姻有成百成千成万的人。别人都能够在一起生活，我们为什么要离开？是，你总在说你的病会怎么样，怎么怎么样，柯达，艾滋病不过就是一种传染性疾病罢了。噢，对不起，我说错了，你还不是艾滋病人，你只不过是一个病毒携带者嘛，我们生活中只要注意保护自己，能有什么大不了的呢？要是照你那么说下去，传染病医院的医护人员还有艾滋病人都得家破人亡吗？为什么我们这样一个好端端的家，你偏要拆散，你就忍心，你居心何在呀？”

柯达听到冯婉妮把心里的话都说到了这份上，他心里想：“嗨，冯婉妮呀冯婉妮，看来你对艾滋病还没有一个清醒的认识。什么叫能有什么大不了的呢？”的确，在有些人眼里，艾滋病病毒和其他病毒一样，都是不具备主动攻击能力的半生命体。有些人即使被检验出感染艾滋病病毒，也能维持二三十年不发病。现代医学还曾发现艾滋病病毒检验呈阳性后，过几个月后再检验时却变成了转呈阴性的病例。这是很奇怪的事情。柯达倒是希望哪一次再去检验时，抗体由呈阳性转呈阴性。可是，事实不是这个样子的啊。潜伏许多年后的病毒一旦遇到刺激，它开始运用细胞中的遗传物质进行复制，并摧毁原细胞，再散布到其他细胞中，最后引起人体免疫系统全面崩溃。尤其是柯达认为，自己人生中最健康最佳的身体状况时段早已经过去了，他眼看就要奔五十了，这时期的身体是没有什么曙光而言的。冯婉妮是个单纯的女人，她想象不到艾滋病人死亡之前是个什么状况，柯达不想让冯婉妮的眼睛看到自己到了那种不堪入目的地步和场面。他柯达死了就死了，他死了，犹如灯灭。这个世界不差柯达这么一个普通的医生，而冯婉妮就不行了，她眼里的一切都是柯达，柯达就是这么想的，假如我早走一天，她冯婉妮就能少痛苦一天。

在冯婉妮擦着眼泪，痛说痛哭的时候，柯达也无可奈何地将双臂交叉抱在胸前，他低着头，泪水在眼圈里直打转转，但是，他努力自己强忍着。

冯婉妮一见他这副样子，赶紧擦了擦脸上的泪水，然后对柯达说："你别这么抱着自己了，你这就开始跟我们保持距离了，你看你这个样子防卫着我们，戒备着我们，别这样好吗？你抱抱我好不好啊？"柯达就像触了电一样，果真就一下子张开了双臂，把冯婉妮拥入胸前拥到怀里。他搂抱着柔软的老婆并附在她耳边悄悄地说："不要这么悲观嘛，我们会有办法的，会有办法的。别人用安全套，难道我们……"冯婉妮当时的第一反应就是狠狠地掐了他一下。冯婉妮说得都对，自己从检测单子出来之后，他整个儿的人就进入了一种防御性姿势，不敢再去抱抱妮妮，不敢再去亲近她们。妮妮和妈妈同床，他自己睡在孩子的房间。原来的卧室他跟妮妮相互调换。他所用的所有卫生用具都单独进行了摆放，并在妮妮能够用手勾得到的地方都写上了"火"字。他曾经对妮妮讲，这上面的东西已经都是爸爸的东西了，你的用具都搬到了妈妈的洗漱间里。这个字念"火"，着火的火，这些东西妮妮千万千万不要摸，不要碰，很危险，就像着火了一样，很危险。

尽管家中采取了很多的防护措施，柯达仍旧不放心。他在家中的卧室、客厅、书房、厨房和一些餐具、用具上都贴上了“火”字，“火”字代表他所用过的和正在使用的东西，家里人谁碰了谁摸了，都要去洗手。冯婉妮见柯达如此过分的细心和讲究很着急，她觉得柯达这样下去地话，非抑郁了不可。有一天，她对女儿说：“妮妮呀，妈妈打算去美国看看外公外婆，你跟妈妈去吗?”妮妮立刻就说：“我去，我去。”冯婉妮已经感觉到了柯达这样生活真是挺累的。柯达变了，变得有些神经质，变得诚惶诚恐，小心翼翼，担惊受怕。冯婉妮就想把妮妮送去美国。她这一想法和柯达一拍即合，柯达打心眼里一百个愿意。他愿意她们娘俩一去就别再回来了。那些日子，柯达真是愁坏了。他就觉得冯婉妮这个人怎么那么好啊，事事处处都在为他着想。他那时候一天到晚总是想，要么她们回美国，要么我搬出去到医院宿舍去住，要么就和冯婉妮离婚算了。思来想去，他就总在冯婉妮跟前嘀嘀咕咕，这也不是个办法呀，那也不是个办法呀。冯婉妮也在想，她了解柯达，她们娘俩要是再在家里住下去的话，要么，柯达非病了不可，要么，他非搬走不可，要么，他就开始说离婚。刚开始说出离婚两个字时，冯婉妮可着实吓了一大跳。她当时就像受惊了一般，盯着柯达甚为不解。

冯婉妮的确被吓了一跳。一般情形之下，艾滋病病毒携带者都是家人首先离开病人，现在不是反了吗？柯达居然提出了离婚。他和她离婚，怎么可能呢。她当时都根本不相信这是从柯达嘴里说出的话，于是，她就上前娇柔地搂住柯达的脖子，舔着柯达的耳根说：“亲爱的，你跟我道歉吧，为你刚才说的话道歉吧。”柯达就范地点点头。这本应该就算过去了。柯达反过来又想，要是冯婉妮不离，也不嫁，怎么办呢？她这个女人犟起来，十头八头牛都拉不动她。婉妮这个女人反正柯达把她视为珍宝一点都不为过。她心无城府、开朗自信、温顺平和，是个贤妻良母，他柯达碰见了她那是他的福分啊。要不是他感染了，他和她分开，那是柯达想都不敢想的事情。可是，铁的事实证明，他确实被感染了，他身上的艾滋病病毒就在他的细胞内潜伏着呢。现在没有发病，说明现在的身体状况还是可以的，可是一旦发病，那他可就是一个地地道道的艾滋病人了。一个艾滋病人本身就应该孤独地在 2 至 4 年之间独立地承受这份病痛，直到离开人世。柯达想象着自己将要离开人世之前的那份眷恋，那份牵挂，那份凄凄惨惨戚戚的样子，怎么能再拿这些活生生的悲戚之事去折磨冯婉妮和女儿妮妮呢？万万不能呀。柯达不忍心呀，长痛不如短痛，他必须狠下心来要让冯婉妮离开他。

在通往海滨市的这趟列车上，柯达想出了一个好办法。有时候，话是开心的钥匙，如果话都说不下去的时候，还有一种交流的好办法，柯达在车上就给冯婉妮写信了。这是他们结婚 10 年来，柯达给冯婉妮写的第一封信。当第一句话写下来时，柯达已经泪如雨下，“婉妮，我最亲爱的最敬爱的最信任的爱人……”柯达边写边划边想：“真酸，柯达我才知道你挺酸啊。”最后把 3 个“最……”的话统统都划掉了，又写道，“婉妮呀婉妮”，又让他划掉了。划掉了再写，写个开头又被划掉，最后他理性地写道：“婉妮，你知道，我从小是在孤儿院长大……”